MW00510703

Christoph Wilhelm Hufeland

Leibarzt und Volkserzieher

Eine Selbstbiographie

Christoph Wilhelm Hufeland: Leibarzt und Volkserzieher. Eine Selbstbiographie

Abgeschlossen 1831. Erstdruck in Buchform: Berlin (Reimer) 1863.

Neuausgabe
Herausgegeben von Karl-Maria Guth
Berlin 2016

Der Text dieser Ausgabe folgt:
Hufeland. Leibarzt und Volkserzieher. Selbstbiographie von Christoph Wilhelm Hufeland. Neu herausgegeben und eingeleitet von Walter von Brunn, Stuttgart: Robert Lutz Nachfolger Otto Schramm, 1937 (Lutz' Memoiren-Bibliothek, 7. Reihe, 7. Band).

Die Paginierung obiger Ausgabe wird hier als Marginalie zeilengenau mitgeführt.

Umschlaggestaltung von Thomas Schultz-Overhage

Gesetzt aus der Minion Pro, 11 pt

Die Sammlung Hofenberg erscheint im
Verlag der Contumax GmbH & Co. KG, Berlin
Herstellung: BoD – Books on Demand, Norderstedt

Die Ausgaben der Sammlung Hofenberg basieren auf zuverlässigen Textgrundlagen. Die Seitenkonkordanz zu anerkannten Studienausgaben machen Hofenbergtexte auch in wissenschaftlichem Zusammenhang zitierfähig.

ISBN 978-3-86199-792-4

Bibliografische Information der Deutschen Nationalbibliothek

Die Deutsche Nationalbibliothek verzeichnet diese Publikation in der Deutschen Nationalbibliografie; detaillierte bibliografische Daten sind im Internet über www.dnb.de abrufbar.

Inhalt

Kindheit und Jugend

Die erste und größte Wohltat Gottes war es, mich von so guten und frommen Eltern geboren und erzogen werden zu lassen. Die Sterne, unter denen wir geboren werden, das sind unsre Eltern, die Zeit, der Ort, die herrschende Religion.

Mein Vater, dessen Bild noch immer ehrwürdig vor meiner Seele steht, war ein streng rechtschaffner, frommer, biblisch gläubiger Mann, von hohem, edlen Geist, gründlicher Gelehrsamkeit und unermüdeter Arbeitsamkeit und Gewissenhaftigkeit in seiner Kunst, – nur leider mehr zu trüber, hypochondrischer Gemütsstimmung geneigt, als zu heiterer. Die Mutter von sanftem, liebevollen Charakter, deren Hauptstreben es war, ihre Kinder zeitig an Frömmigkeit und Tugend zu gewöhnen. Es gehört zu den Erinnerungen meiner frühsten Kindheit, und wodurch der erste Keim von Gott und Gottesverehrung in mich gelegt wurde, daß die liebe Mutter jedesmal, wenn sie mich zu Bett legte, mir ein kurzes Gebet vorsagte und mich einsegnete. Die ersten zwei Jahre meines Lebens brachte ich in Langensalza zu. Von dieser Zeit weiß ich mich nichts zu erinnern, sie ist dunkle Nacht. Nur ein einziger Punkt glänzt wie Feuer aus dieser Nacht in meinem Gedächtnis auf, nämlich der Zeitpunkt, wo ich bedeckt mit den furchtbarsten natürlichen Pocken, gleichsam auf einem glühenden Rost gebraten in meinem Bette lag, und ich sehe noch den hinzugerufenen Baldinger vor meinem Bette sitzen. In Weimar wohnten wir zuerst im Rentfischen (nachherigen Bernstorffischen) Hause, was ich mich noch sehr gut erinnern kann. Am lebhaftesten steht vor mir der Tag, wo ich die ersten Hosen bekam (sie waren von weißem Leinen mit blauen Streifen) – ein Beweis, wie wichtig dieser Moment für einen Jungen ist.

Im Jahre 1767 bezogen wir ein eignes Haus, was der Vater am Markte gekauft hatte, und was mir wegen dieser lebhaften Lage und wegen des schönen Gartens sehr angenehm war. In dieser Zeit fing ich an die Buchstaben zu lernen. Auch besuchte ich oft den alten Großvater, einen alten ehrwürdigen Mann mit einer Allongenperücke.

Er war ein grader ehrlicher Pommer (aus Stolp) und dabei von heiterm Humor, so daß ich von den Tanten oft zu Verkleidungen und kleinen Possenspielen benutzt wurde. Auch erinnere ich mich, von ihm die lateinischen Buchstaben schreiben gelernt zu haben. Im Jahre 1768 starb er, und da es mit meinem Lernen nicht fort wollte, ich auch ziemlich unartig war und der lieben Mutter nicht folgte, der Vater aber den ganzen Tag in praktischen Geschäften außer dem Hause war, so wurde beschlossen, einen Informator (so hieß es damals) anzunehmen.

Zuerst erhielt ich einen Magister *Senfting*, der, ein gar lustiger Bursche, wahrscheinlich alles mit mir spielend treiben wollte, mit mir auf der Erde herumkroch, mich auf sich reiten ließ usw. Aber ich lernte nichts dabei, und da er, wie ich hinterdrein erfuhr, auch nicht der strengste in der Sittlichkeit war, so wurde er nach einem Jahr wieder entlassen. Nun bekam ich aber einen andern Erzieher von ganz entgegengesetzter Art, der 10 Jahre lang bei mir blieb und dessen Einfluß für mein ganzes Leben, und nicht bloß für meine Studien, sondern auch für meinen Charakter, entscheidend gewesen ist. Es war ein Kandidat der Theologie *Restel* aus Zürbig, schon über 30 Jahr und schon seit 6 Jahren Hofmeister, ein ernster, strenger, hagerer, wenig sprechender Mann, mit einer Habichtsnase, ja einem völlig ciceronianischen Gesichte (ganz ähnlich der Büste Ciceros, selbst die Cicer nicht zu vergessen). Er war ein Schüler Ernestis in Leipzig, philosophisch und theologisch gründlich gebildet, aufgeklärt, insofern dies Freiheit von allem Aberglauben und Mystizismus heißt, aber festhaltend am lutherischen Bibelglauben und an den Grundsätzen der alten strengen Erziehung. Er nannte mich Er, sprach außer den Schulstunden wenig mit mir, freundliche Worte oder Mienen waren Seltenheiten, Lachen kam gar nicht vor. Unbedingter Gehorsam, Verbot alles Widerspruchs, pünktliche Beobachtung der Schulstunden, Auswendiglernen (besonders von lateinischen Vokabeln), anhaltender Fleiß und Beschäftigung, genaue Beobachtung von Zeit und Ordnung, und bei Übertretungen strenge Verweise, selbst körperliche Züchtigungen, das waren die Grundzüge. Die Einteilung des Tages war folgende: Früh 6 Uhr aufgestanden, dann ein Frühstück von Milch und Semmel, Ankleiden, Vorbereiten zu der Schule, halb 9 Uhr Butterbrot oder Obst, von 9–12 Uhr Schule, dann Mittagessen, nachher bis 3 Uhr Bewegung im Garten oder Hause, von 3–5 Uhr Schule, dann Vesperbrot von Obst oder Brot mit Salz oder ein wenig Zucker, dann Spaziergang im Webicht oder im Winter oder bei schlechtem Wetter eine Selbstbeschäftigung, um 7 Uhr frugales Abendessen (eine Suppe mit Brot, 28 entweder mit Obst oder Butter oder *Mus* oder Möhrensaft). Dann bei den Geschwistern und von 8 bis 9 Uhr bei dem Vater mit den Schwestern, wo ich gewöhnlich etwas vorlesen mußte, dann wieder zum Hofmeister auf dessen Zimmer, hier noch lesen oder Auswendiglernen. Gewöhnlich übermannte mich der Schlaf, dann mußte ich stehen, aber auch im Stehen schlief ich oft ein. Dann zu Bette, in welchem ich die Hände falten und den lutherischen Abendsegen nebst Vaterunser beten mußte.

Jeden Sonntag wurde in die Kirche des Vormittags gegangen, auch zuweilen noch Nachmittags.

Die Einrichtung in der Schule, wobei auch die Schwestern größtenteils gegenwärtig waren, war folgende. Zuerst jeden Tag ein Kapitel in der Bibel vom Anfang an gelesen (daher ich auch die Bibel wenigstens vier mal ganz durchgelesen habe), dann Theologie nach einem von Restel selbst aufgesetzten streng dogmatischen Entwurf in Fragen und Antworten, – alles, besonders die Sprüche auswendig zu lernen. Dann Latein und in der Folge noch Griechisch. Hierbei hatte er eine sehr gute Methode. Die besten Autoren wurden kursorisch durchgelesen, dann schriftlich ins Deutsche übersetzt (wobei zugleich die deut- 29 sche Orthographie und Stil korrigiert wurden) und dann Rückübersetzung ins Lateinische. So habe ich eine Menge Autoren ganz durchgelesen. Die alten Sprachen waren die Hauptsache des Unterrichts. Nebenbei Geschichte, Geographie und Naturgeschichte; auswendig lernen mußte ich nur die lateinischen Vokabeln.

Ich kann diese Unterrichtsweise nicht genug loben und meinem Lehrer danken, besonders das Auswendiglernen der Bibelsprüche und guter Verse. – Sie haben mich wie gute Engel durch mein Leben begleitet – und oft in größter Not, Gefahr, Versuchung, ist mir ein solches Wort aus der Bibel vor die Seele getreten und hat mich gestärkt.

Wieviel verdanke ich in der Not den Worten: »Befiehl du deine Wege«, und in Versuchungen den Worten: »Wie sollt ich ein solch groß Übel tun und gegen meinen Gott sündigen«.

Gesellschaft hatte ich nur Sonntags nachmittags und auch da nicht immer. Es waren die jungen Leute der Familien, welche auch Hofmeister hatten, Seidlers, Kotzebues, Lynker, Wilken, im Winter Witzleben. Hier wurde im Sommer im Garten oder auf Spaziergängen geturnt, Ball geschlagen, Krieg gespielt, im Winter besonders auf kleinen Theatern mit selbstverfertigten Figuren Komödien aufgeführt oder Professors gespielt, wobei ich besonders viel Beifall fand. Einer, nachdem er sich vorher einen Buckel und lächerlichen Anzug gemacht hatte, bestieg einen Stuhl und unterhielt nun die anderen, die herumsaßen, mit Späßen und Schnurren; jemehr sie Gelächter erregten, desto größer war sein Lob. Während dessen saßen die Hofmeister im Nebenzimmer und unterhielten sich bei Bier und Tabak über gelehrte Gegenstände.

Diese stille, strenge, einförmige, pedantische Erziehung, das Zusammenleben mit diesen ernsten Männern hatten nun den entschiedensten Einfluß, nicht bloß auf meinen Unterricht, sondern auf meine ganze Bildung, Geistesrichtung und Charakter, und im ganzen sehe ich es als neue Gnade Gottes an, daß er es gerade so fügte, und werde auch, so schwer und drückend es mir in der Gegenwart gewesen sein mag, noch in jener Welt meinem braven Restel für diese Strenge und für jeden Schlag danken, den er mir gab. Denn ohne dies wäre zuverlässig nichts Gutes und wenigstens nicht das, was ich geworden bin, aus mir geworden. Ich hatte nämlich einen gewaltigen Trotzkopf, Starrsinn und Eigensinn, Tücke, Neigung zur Lüge, zum Müßiggang, Unordnung, Sinnlichkeit. – Es war keine kleine Aufgabe, dies heraus zu bringen. Aber es gelang. Der Starrsinn und Trotz wurde mit Gewalt gebrochen. Nicht einmal widersprechen oder disputieren, oder die Frage: Warum? wurde gestattet; anstatt des Lobes, was bei uns gar nicht eingeführt war, hörte ich so oft die Worte: »Du bist ein dummer Junge, aus Dir wird nie etwas«, daß ich es am Ende selbst glaubte, jede Spur von Eigendünkel verwischt wurde und ich auch in meinem nachfolgenden Leben nie etwas Besonderes von mir gehalten habe. Es ist an die Stelle für mein ganzes Leben getreten Nachgiebigkeit, Sanftmut und Milde, auch bei Beleidigungen, Ergebung und Gehorsam, erst gegen das Gesetz und die Pflicht, dann gegen die Führungen des Schicksals, selbst Entsagung, die mir in der Folge meines Lebens notwendig war. Ebenso wirkte der Ernst und die Schweigsamkeit meines Lehrers, die Abgeschlossenheit und Einsamkeit meines Lebens das Gute, daß ich mich frühzeitig selbst beschäftigen und im Innern zu leben lernte, da mir das äußere Leben versagt war. Dadurch wurde unstreitig jene Liebe zur Einsamkeit, zum Nachdenken und wissenschaftlichen Beschäftigungen geweckt, die mir mein ganzes Leben hindurch geblieben sind und ihm seine Richtung gegeben haben. Dazu 32 kam nun noch, daß ich sehr bald, im vierzehnten Jahre, ein Philosoph, und zwar ein Stoiker wurde. Zufällig fiel mir eine kleine lateinische Ausgabe des Epictet (*Epicteti Enchyridion et Cebetis Tabula*) in die Hände. Darin las ich mit Verwunderung und großem Vergnügen, daß alles Äußere etwas Unwesentliches sei, ja selbst mein Arm und mein Fuß nicht zu meinem Ich, zu meinem inneren Wesen gehöre, und daß die rechte Weisheit sei, alles Äußere, selbst Schmerzen und Mißgeschick von sich abzusondern und nur im Innern zu leben, und daß man dadurch über alles triumphieren und bei allem Übel dennoch innerlich sehr glücklich sein könne, – was mir denn in meiner Lage sehr zusprach und mich sehr stark machte. Die Folge von alle dem war, daß ich außer meinen Schulbeschäftigungen und dem eigentlichen Lernen mir eine Menge ausdachte. Lesen, Sammlung von Mineralien, Kupferstichen (von meinem Taschengeld gekauft), Papparbeiten, Gartenarbeiten (wobei ich mich noch erinnere, daß ich lange mit dem großen Projekt umging, das Wasser aus dem Brunnen im Hofe in den Garten zu leiten), Arbeiten für unser kleines Theater, ja selbst zuletzt das Schreiben von Komödientexten, wovon ich mich noch eines 33 Trauerspiels »Rinaldo« erinnere, – vor allem aber Zeichnen und Malen, wozu ich besonders Neigung fühlte. Ich hatte zuerst zum Lehrer den Hofmaler Heinsius, der die Sache ganz pedantisch nach alter Weise angriff. Ich mußte ein halbes Jahr nichts als gerade Striche, Zirkel und Ovale zeichnen, dann nichts wie Augen und so allmählich weiter. Dies hatte allerdings, wenn es gleich langweilig war, doch den Nutzen,

Finger und Augen an die Bildung der Grundstriche zu gewöhnen und ihnen Festigkeit zu geben. Später hatte ich das Glück, den guten, liebenswürdigen Kraus zum Lehrer zu bekommen, der die Sache freier und moderner trieb. Ich brachte es so weit, daß ich sehr gut nach Gyps zeichnete. Ja ich habe die Freude gehabt, nebst Kestner der erste zu sein, mit welchem unter Götzes Leitung die Zeichenakademie in Weimar errichtet wurde, und einen der Preise zu erhalten. – Ich blieb aber dabei nicht stehen, sondern lernte auch, ganz für mich, nach *Sulzers* Anleitung (aus seiner Theorie der schönen Künste) in Kupfer ätzen. Das Zeichnen ist mir für die Folge und ganze Ausbildung von großem Nutzen gewesen. Es bildet ein richtiges Augenmaß und richtiges Gefühl für Verhältnisse, es bildet das Auge aus, den Sinn des Gesichts, man lernt richtiger sehen. Außerdem gibt es die Kunst, gleich aufzeichnen und fixieren zu können. So ist es mir bei dem Studium der Anatomie und nachher auf meinen Reisen von großem Nutzen gewesen. Ganz besonders aber hatte ich früh die Neigung etwas herauszugeben und den Schriftsteller zu machen. Ich unternahm in meinem 12. Jahre ein Wochenblatt unter dem Titel: »Angenehmes Wochenblatt«, welches alle Sonnabend an die Familie, die aus drei Tanten bestand, gegen Pränumeration von zwei Talern jährlich ausgegeben wurde. Es enthielt jedes Blatt zuerst einen Aufsatz, den ich entweder selbst verfertigte oder aus andern Büchern abschrieb, dann Familien- und Stadtneuigkeiten und zuletzt auswärtige; zuweilen wurden von mir verfertigte Zeichnungen beigefügt. Es ist noch vorhanden. Es diente dazu, mir Fertigkeit in Aufsätzen und im Schreiben zu verschaffen, und beweist zugleich, daß der wahre Keim, der in uns liegt, sich sehr bald regt. Denn das war der Schriftstellerkeim, und es ist merkwürdig, daß derselbe, der dieses kindische Wochenblatt schrieb, nachher das erste und älteste medizinische Journal herausgegeben hat.

Aber in einer andern Sache hatte die Vorhersagung getäuscht. Ich arbeitete zu des Vaters Geburtstag immer eine lateinische Rede aus, die ich dann auswendig lernte und früh ihm hersagte. Dies hatte ich nun einst zu großer Zufriedenheit getan. Nachmitags wurde eine Partie nach Belvèdere mit den Tanten gemacht, und, da wir hier auf einem Rasenplatz saßen, wo in der Mitte eine kleine Erhöhung war, so wünschte der gute Vater, ich möchte auch hier diese Rede noch einmal hersagen. Aber da überfiel mich wegen der Gegenwart der Tanten und des freien Lokals eine solche Scheu und Furcht, daß ich nicht ein Wort hervorzubringen vermochte und der Vater endlich im größten Ärger sagte:»Nein, aus Dir wird sicher nie ein Professor«. Und doch ist einer aus mir geworden, aber freilich kein Redner.

Eine schlimme Sache für mich war die Gespensterfurcht, die mir leider, wie so vielen Kindern, durch dumme Gespenstergeschichten, die uns die alten Kinderfrauen erzählen, mitgeteilt worden war. Insbesondere stand mir ein abgeschiedener Geist, der sich nach der alten Eva Erzählung in einem weißen Sterbekleid mit schwarzen Schleifen hatte sehen lassen, im Dunkeln beständig vor den Augen. Dazu kam noch das Trauerspiel»Semiramis«, in welchem ich den Geist des Ninus 36 aus dem Grabe aufsteigen sah, – ein Bild, was sich ganz meiner Einbildungskraft bemächtigte. Deswegen war mir der schwerste Gang, den ich täglich zu machen hatte, der Gang des Abends 9 Uhr von dem Vorderhause über einen langen Gang in das Hinterhaus, den ich daher nie ohne Licht machen konnte. Aber zwei Dinge heilten mich davon. Zuerst der Unterricht Restels, der, sowie er überhaupt entfernt von jedem Aberglauben und Mystizismus war, mich auch fest davon überzeugte, daß es erstens ganz unmöglich sei, daß man Geister sehen könnte, und zweitens, daß es auch mit der Liebe und Weisheit Gottes unvereinbar sei. Weiter brachte ein Ereignis die Sache zum Durchbruch, zur Tat. Die Großmutter war gestorben. Ich war 15 Jahre alt. Sie sollte den Abend begraben werden, eine Sache, die schon das Gemüt mit Schauer erfüllt. Ich saß abends im Dunkeln in der Kammer neben unserer Stube allein. Plötzlich hörte ich ein Gepolter im Nebenzimmer, wo, wie ich gewiß wußte, niemand war. Im ersten Augenblick wurde ich von Furcht ergriffen. Aber plötzlich sage ich mir: es kann nichts Übernatürliches sein, denn es kann keine Gespenster geben 37 und es ist kindisch und lächerlich sich davor zu fürchten; fasse dir ein Herz und du wirst dich davon überzeugen. Dies tat ich denn, riß die Tür auf, trat in das dunkle Nebenzimmer, und es fand sich, daß eine Katze durch das offne Fenster hereingekommen war und durch dasselbe nun wieder entfloh. Dies heilte mich vollkommen, ich konnte von nun an auch im Dunkeln den langen Weg über den Gang ins Hinterhaus machen und bin mein ganzes Leben hindurch immer, wenn mir etwas Gespenstisches vorkam, grade darauf losgegangen.

Mit meiner ersten Bekanntschaft mit dem öffentlichen Theater ging mir's übel. Der liebe Vater fürchtete gar sehr jeden nachteiligen Eindruck auf meine kindliche Unschuld und Moralität. Ich sollte also zum ersten Mal ein recht rein moralisches Stück sehen. Es war im Jahre 1769, die erste Schauspieler-Gesellschaft, die in Weimar war, die Starkische, spielte im Reithause. (Nachher kam die berühmte Kochsche, bei welcher Ekhof, Bruckner etc. waren, die später im Schloß spielte, dann die Seilersche, dann der Schloßbrand und hierauf gar keine Truppe mehrere Jahre lang, sondern ein Liebhaber-Theater unter Goethes Leitung). Nun hatte sie eines Tages ein Stück angekündigt, »Der dankbare Sohn«. Dieses sollst du sehen, sagte der Vater, weil er es für mich nützlich hielt, und mit Freude vernahm ich diese Erlaubnis. Ich trat herein. Schauerliche Dunkelheit umgab mich. Nur einzelne Stimmen der sich sammelnden Zuschauer unterbrachen sie. Bange Erwartung der Dinge, die da kommen sollten, erfüllte mich. Nun erhob sich plötzlich hinter dem heruntergelassenen Vorhang ein gräulicher Lärm, Geschrei mit harten Prügeln untermischt. Ich glaubte, dies gehöre zur Komödie. Endlich nach langer Zeit ging der Vorhang in die Höhe und es erschien Harlekin mit Kolombinen und andere Possenreißer, und das ganze war nichts als ein Possenspiel. Ich ging sehr erfreut darüber nach Hause, aber wie erstaunte der Vater, als ich ihm, statt des »dankbaren Sohnes«, die Nachricht von diesem Possenspiel brachte. Man erfuhr nachher, daß eine Prügelei unter der Schauspieler-Gesellschaft vor Anfang des Stückes entstanden war, welche die Aufführung des »dankbaren Sohnes« verhinderte und den Direktor genötigt hatte, das Publikum mit einem Possenspiel zu unterhalten, denn damals existierte noch der Harlekin auf dem Theater. Eine große Neigung hatte ich zur Feuerwerkerei, und mein kleines Taschengeld ging, außer Kupferstecher- und Malergerät, größtenteils für Schwärmer, Feuerräder u. dgl. hin. Gewöhnlich blieb es bei den zwei ersten, die im Garten abgebrannt und die nicht sehr bemerkt wurden, aber zuletzt kaufte ich mir eine Rakete, ohne noch ihre Kraft zu kennen. Ich steckte sie mit dem untern Teile in die Erde und zündete sie an, aber wer beschreibt meinen Schrecken, als sie nicht in der Erde blieb, sondern sich losriß und gen Himmel stieg! Gern wäre ich ihr nachgeflogen, um sie zurückzuziehen, denn unglücklicherweise wohnte der Hof und die Herrschaft gleich neben dem Garten im Fürstenhause, und diese Ungezogenheit, die zugleich gefährlich hätte werden können und verboten war, konnte mir Verweise und Strafe und selbst dem Vater Vorwürfe zuziehen. Indes ging es glücklicher vorüber als ich gedacht hatte. Man hatte es wenig bemerkt, und ich kam mit einer Warnung für die Zukunft davon.

Aber schlimmer ging es mir mit dem Phosphor. Ich hatte gelesen, daß in alten Zeiten die Mönche sich häufig dieses Mittels bedient hätten, um Gespenster zu spielen und den Aberglauben zu erhalten. Ich beschloß einen solchen Versuch mit meinen armen Schwestern anzustellen. Sie schliefen, vier an der Zahl, in derselben Schlafstube. Ich nahm heimlich ein Stückchen Phosphor in einem Gläschen mit Wasser von des Vaters Hausapotheke und wollte damit an die Wand in ihrer Schlafkammer mit großen Buchstaben schreiben: »Ihr bösen Mädchen bessert Euch«, damit sie in der Dunkelheit der Nacht durch diese feurige Schrift erschreckt werden sollten. Als ich aber im besten Schreiben war, entzündete sich das Stück Phosphor in meinen Fingern zur Flamme, und, indem es zugleich schmolz, verbrannte es mir jämmerlich die drei Finger, und, was das schlimmste war, war gar nicht zu löschen, denn selbst im Wasser brannte die Flamme immer fort, bis auf die Knochen. Ich litt fürchterliche Schmerzen und war erst nach drei Wochen geheilt. – Das schlimmste war, daß noch so viel Phosphor auf den Fußboden geflossen war, daß noch lange die Stelle leuchtete und dadurch große Furcht vor Feuersgefahr entstand. Ich war genug durch den Schmerz für meinen Mutwillen gestraft, sonst möchte noch eine andere erfolgt sein.

Aber auch sonst fehlte es nicht an Mutwillen; und ich muß zwei Geschichten erzählen, die mich noch im Alter tief kränken.

Die erste betraf einen Herrn Vetter, der auf einige Zeit bei uns wohnte, und, weil er ein geschickter Zeichner war, das Bild des seligen Erbprinzen in Pastell bei uns malte. Die Pastellstifte erregten meine ganze Aufmerksamkeit und Liebe, und war besonders einer darunter, dem ich wegen seiner schönen Inkarnatfarbe nicht widerstehen konnte. Ich mochte etwa 7 Jahre alt sein; ich dachte, er habe ja der Stifte so viele, daß er diesen wohl entbehren und auch wohl gar nicht vermissen würde. Aber unglücklicherweise war es gerade eine Farbe, womit er des Prinzen Kleid malen mußte, und nun entstand ein gewaltiges Suchen im ganzen Hause, nach demselben große Not, am Ende auch Verdacht – und mir wurde dieser Stift zur wahren Strafe und Plage, denn statt eine Freude von seinem Besitze zu haben, brannte er mich wie eine glühende Kohle; ich versteckte ihn aus Angst in einen der entferntesten Winkel des Hauses. Ich bekannte schlechterdings nichts, aber endlich wurde es dennoch entdeckt und dies war das einzige Mal, wo mich der Vater mit einer kleinen Reitpeitsche gezüchtigt hat.

Das zweite war ein Mutwillen, den ich an einem der Hofmeister meiner Spielgenossen, dem Magister Volke ausübte. Es war ein recht guter, lieber Mann, dem ich auch recht gut war, aber eines Tages gehen wir *in corpore* spazieren, und ich merke im Vorbeigehen, daß er noch geschwinde beiseite gegangen war. Ich konnte dem augenblicklichen
mutwilligen Einfall nicht widerstehen, ihn an diesem Orte einzusperren und drehte den Schlüssel um; wir gehen vor's Tor und der arme Mann kommt natürlich nicht nach. Man kann sich die Unruhe denken, die nun entstand, sowie meine Gewissensangst. Was hätte ich darum gegeben, es nicht getan zu haben. – Endlich beim Zurückkommen wurde erst die Ursache seines Ausbleibens bekannt, und nun entstand eine allgemeine Inquisition nach dem Täter. Aber kein Mensch hatte es gesehen, und ich leugnete standhaft. Genug, der gute Mann hat den Täter nie erfahren, und ich habe mir in der Folge die größte Mühe gegeben, durch Aufmerksamkeiten und Liebesbezeugungen es wieder gut zu machen. – Dies war ein bloßer Mutwillen und durchaus keine böse Absicht. – Ein Wink für Erzieher.

Ich mochte etwa 12 Jahre alt sein, da fing *Basedow* sein Elementarwerk und damit jene neue Revolution in der Erziehung an, welche auf eine allgemeine mehr enzyklopädische Ausbildung des Geistes gerichtet war und die bisherige klassisch-pedantische als zu eng und steif stürzen sollte, ihr auch wirklich (zunächst durch *Campe* und *Salzmann* fortgepflanzt) einen so gefährlichen Stoß gegeben hat, daß sie sich noch jetzt nicht recht davon erholen kann. Er reiste dazu in Deutschland herum, um Subscribenten für sein Werk und zugleich Zöglinge für sein Erziehungsinstitut in Dessau zu werben. 43

Er kam auch nach Weimar und in meines Vaters Haus, um ihn dafür einzunehmen und mich anzuwerben. Hier nun entstand ein heftiger Kampf zwischen der neuen Lehre und meinem alten pedantischen, klassischen Restel. Ich vergesse nie den Vormittag, wo Basedow zu uns kam, um mich zu sehen und zu prüfen. Ich sehe ihn noch, den großen, starken, etwas plumpen Mann, mit einem dicken spanischen Rohr, wie er vor mir stand, seinen Stockknopf unter seine breite Nase drückte und mich ausfragte. Er fragte, was ich im Lateinischen lese. Ich antwortete: den Cornelius Nepos. Er fragte weiter: welche von den großen Männern mir am besten gefielen? Ich antwortete: Aristides. Und auf die Frage warum? sagte ich: wegen seiner Gerechtigkeit. – Dies schien ihm zu gefallen, und er erneuete seine Anträge, mich in sein Institut zu bekommen. – Aber der weise Vater blieb fest, wofür ich ihm noch im Grabe danke, und ließ mich unter Restels Zucht. Denn wahrscheinlich würde nichts aus mir geworden sein, wenigstens kein Gelehrter, wie die Resultate jenes Instituts nachher bewiesen haben. 44

Aber ein noch größerer Sturm stand dem guten Restel mit meiner Erziehungsmethode bevor. *Goethe* zog im Jahre 1776 in Weimar ein. Dieser junge 27jährige, feurige Herr Doktor – denn so hieß er damals – brachte eine wunderbare Revolution in diesem Orte hervor, der bisher ziemlich philisterhaft gewesen war und nun plötzlich genialisiert wurde. Es war kein Wunder. Man kann sich keinen schöneren Mann vorstellen. Dabei sein lebhafter Geist und seine Kraft, die seltenste Vereinigung geistiger und körperlicher Vollkommenheit, groß, stark und schön; in allen körperlichen Übungen: Reiten, Fechten, Voltigieren, Tanzen war er der erste. Ich habe nie etwas Schöneres und Vollendeteres gesehen, als ihn den Orestes in seiner Iphigenie darstellen, *Corona Schröter* die Iphigenie, v. *Knebel* den Thoas, Prinz Constantin den Pylades. Es war ein echtes Bild des schönsten klassischen Griechen-

tums. Zu dem allen kam nun noch seine Gunst bei dem jungen Fürsten, der eben die Regierung angetreten hatte, und den er ebenfalls
plötzlich aus einer pedantischen, beschränkten, verzärtelnden Hofexi-
stenz ins freie Leben hinausriß, und damit anfing, daß er ihn im
Winter eiskalte Bäder nehmen ließ, ihn beständig in freier Luft erhielt
und mit ihm in seinem Lande herumreiste, wobei dann überall brav
gezecht wurde, wodurch man aber auch genaue Kenntnis des Landes
und der Persönlichkeiten erwarb. Die erste natürliche Folge dieser
heroischen Kur war freilich eine tödliche Krankheit des Herzogs, aber
er überstand sie glücklich, und der Erfolg war ein abgehärteter Körper
für das ganze folgende Leben, so daß er ungeheure Strapazen hat
aushalten können. – Genug, es folgte eine vollständige Umwälzung.
Alle jungen Leute legten Goethes Uniform: gelbe Weste und Beinklei-
der und dunkelblauen Frack an, und spielten junge Werther; die Alten
murrten und seufzten. – Alles kam aus seinen Fugen. – Auch so die
Erziehungsmethode, die in einem Hause, mit welchem Goethe in genauer Verbindung lebte – dem Stein'schen – und mit dessen Jugend
ich auch vereint war, gänzlich ins Geniale umgeschaffen wurde, unter
ihres Hofmeisters Kästners Leitung, der ganz in diese Ideen einging.
Aber mein Restel hielt Stand und ließ sich nicht irreführen.

Aber wohl hatte jene Zeit auf mein Inneres bedeutenden Einfluß.
Ich war im sechzehnten Jahre. Einige Jahre lang hatte Siegwarts wei-
nerlich empfindsame Periode geherrscht, und ich hatte ihn gelesen
und bittere Tränen auf dem Grabe des vor Liebe Verschmachteten
vergossen. Nun kam Werther, der uns eine andere Art von Empfind-
samkeit, die mehr heroische, darstellte, und beide vereinigt gaben
meinem Gefühl die Richtung.

Das Theater war mit dem Schlosse abgebrannt, und die Finanzen
erlaubten nicht, eine neue Truppe zu engagieren. Goethe, der ganz
im Theater lebte (man sehe Wilhelm Meisters Lehrjahre, die sein damaliges Leben darstellen) ruhte nicht, bis er eine Liebhaber-Gesellschaft
zusammengebracht hatte, und außer der großen noch eine kleine von
Kindern und jungen Leuten, wozu ich die Ehre hatte, mit ausgewählt
zu werden. Es wurde zuerst ein kleines Stück gewählt, »Der junge Don
Quixote«, und ich bekam die Rolle des Großvaters, mit Allongenpe-

rücke und altväterischer Tracht. Nach einer Menge Proben erschien endlich der Tag der Aufführung. Die Liebhabertruppe spielte im Hauptmannschen (nachher Reitzensteinschen) Hause in der Esplanade, öffentlich vor dem Hof und dem Publikum. Mit klopfendem Herzen betraten wir (sämtlich zwischen 12 und 14 Jahren) das Haus, dazu kam, daß es ein schwüler Sommertag war, daß sich zugleich ein Gewitter einstellte. Vorher wurde »Ervin und Elmire« vorgestellt und mit Angst sahen wir schon während dessen die Blitze und hörten den Donner. Nun kam unsere Vorstellung. Das Gewitter tobte immer heftiger, und eben als ich noch auf den Knien lag und eine Liebeserklärung hersagte, schlug der Blitz wirklich ins Haus ein, doch ohne zu zünden oder zu töten. Aber nun war die Contenance der jungen Schauspieler-Gesellschaft vorbei; alles rannte vom Theater weg und lief im strömenden Regen nach Hause. – Dies Ereignis schien mir ein Omen: daß ich mich nicht dem Theater hingeben sollte. – Doch mußten wir nach einigen Wochen noch einmal spielen und nun ging alles vortrefflich. Wir wurden applaudiert, zogen nachher am hellen Tage in unserm Kostüm auf das Fürstenhaus und wurden da herrlich bewirtet.

Ich kann von meiner Jugend nicht sprechen, ohne dankbar eines Lehrers zu erwähnen, der einen wesentlichen Einfluß auf mein damaliges Leben und meine Bildung gehabt hat, des nachmaligen Bibliothekars Schmid. Er gab mir zuerst im Französischen, dann im Englischen Stunden, aber zugleich knüpfte er ein Freundschaftsband mit meinem Restel und unserm ganzen Haus an, und kam also sehr oft, besonders mit uns spazieren zu gehen. Er war einer von den Menschen, die bei sehr beschränkter Existenz dennoch unaufhörlich heiter, lebensfroh und zufrieden sind, weshalb er sich vortrefflich eignete, den Ernst und die Stille meiner Restelschen Einöde zu mildern und aufzuheitern. Dabei besaß er einen Schatz von Kenntnissen, besonders historischen, belletristischen und unterhaltenden Anekdoten. Dadurch lernte ich nicht allein sehr viel, sondern nahm auch jene heitere Laune und Ansicht der Gegenstände mit in mich auf, die mir, nächst meiner natürlichen Anlage, dadurch für immer eigen wurde. Besonders interessant und lehrreich für mich waren die Disputationen, die sehr oft, bei ihrer verschiedenen Denkart und Stimmung, zwischen ihm und Restel entstanden. Meine tiefe Verehrung gegen *Haller* und Friedrich II. begründete Schmid, der beide enthusiastisch vergötterte. Durch diesen Mitgenossen erhielten unsere täglichen Webicht-Spaziergänge, statt der früheren Langeweile, den Reiz der Unterhaltung. Wir waren alle drei kurzsichtig und wurden, weil wir immer zusammen spazierten, von Berendes die drei Blinden genannt. Hier muß ich auch noch eine Beschäftigung erwähnen, die ich mir dabei nicht bloß zur Unterhaltung, sondern zur Pflicht gemacht hatte. Sie bestand darin: allen Disteln, die mir aufstiegen, mit dem Stock die Köpfe abzuschlagen. Ich hielt es nämlich für ein großes Verdienst, dieses unnütze und schädliche Gewächs auszurotten, und hatte mir es zur heiligen Pflicht gemacht. – Wenn jetzt weniger Disteln im Webicht wachsen, so habe ich allerdings den Ruhm davon. Zugleich aber ist es mir ein Beweis, daß ich schon damals viel Sinn für kosmopolitische Ideen hatte, der sich nachher in meinen Werken: über Leichenhäuser, Ausrottung der Pocken, Makrobiotik etc. tätig zeigte, ja, mich durch mein ganzes Leben hindurch beseelt hat.

Die letzten drei Jahre meiner Schulzeit, vom 15. bis 18. Jahre, ging ich zwar nicht auf das Gymnasium, aber zu dem Direktor des Gymnasiums, dem alten würdigen Heinze, einem Schüler *Gesners*, nebst einigen andern Primanern in tägliche Privatstunden, um mich im Griechischen und Latinität, er war ein ausgezeichneter Ciceronianer, zu vervollkommnen. Wir lasen die ganze Iliade durch, *Cicero de finibus*, und machten lateinische Aufsätze. Hier vergesse ich nicht, daß er mir einmal auf einen derselben schrieb: *auctorem te futurum esse auguror*, und ich glaube, es hat etwas dazu beigetragen, mich zum Schreiben aufzumuntern und seine Prophezeiung wahr zu machen.

Noch eines andern Mannes muß ich erwähnen von großem Einfluß auf mich. Es war ein alter Onkel, Geh. Reg.-Rat Müller, der früher ein Weltmann, an Höfen und in diplomatischen Geschäften verwandt war (auch unter Prinz Eugen bei der Belagerung von Philippsburg). Nachher in Weimar im Regierungs-Kollegium zurückgesetzt, blieb er einige Monate aus den Sitzungen weg, um das Kollegium seinen Verdruß fühlen zu lassen, und blieb endlich, teils aus Hypochondrie, teils aus Scham nun wieder zu erscheinen, ganz zu Hause, so daß er 24 Jahre im Schlafrock in seinen drei Zimmern lebte. Dieser Mann machte sich's noch zum Geschäft, mich auszubilden, und besonders in seinem Weltton, Geschmack und guten Sitten. Ich mußte ihm alle Monate den deutschen Merkur bringen, und er schenkte mir Chester-fields Briefe an seinen Sohn, die damals herauskamen, in welchen beständig dem jungen Menschen zugerufen wird: »Die Grazie, lieber Sohn, die Grazie, das ist die Hauptsache, wenn du dein Glück in der Welt machen willst.« Ich wußte freilich nicht, wie ich dies anfangen sollte, aber gewiß hat es doch Einfluß auf mein Betragen gehabt. – Auch schenkte er mir Duschs Briefe zur Bildung des Geschmacks, die ich fleißig studierte und die gewiß zur Nahrung einer kleinen poeti- 51 schen Ader, die in mir lag, beigetragen haben. Ich erinnere mich jedoch nur zweier Gedichte, die ich in der Zeit gemacht habe: eins auf den Tod eines Eichhörnchens, das ich sehr liebte und das im strengen Winter auf der Flucht erfroren war, und eins auf Fräulein Auguste v. Witzleben, in die ich mich – obwohl sie drei Jahre älter war und nie etwas davon erfahren hat – sterblich verliebt hatte. Ich erinnere mich nur noch, daß es anfing: »Du blaues Aug, du Quelle meiner Freude«.

Aber wichtiger und höher steht *Herders* Erscheinung aus jener Zeit vor mir. Dieser große, herrliche, schon durch seine äußere edle Gestalt imponierende Mann (auch durch Goethe hierher gebracht) trat jetzt als Prediger auf. Noch nie hatte ich solchen Prediger gehört, denn von ihm konnte man wirklich auch sagen: Er predigte gewaltig und nicht wie die Schriftgelehrten. Wie ein Apostel stand er auf der Kanzel, die Hände gefaltet vor ihm liegend, mit dem Gesicht gen Himmel gerichtet, ohne alle Gestikulation, ja ohne alle Deklamation, ruhig, aber kräftig in seiner tiefen Baßstimme Worte der Salbung und des höheren Lebens aussprechend, nicht als wenn es seine Worte wären, sondern als wenn sie ihm von oben zuflössen, als wenn er nur das 52 Organ wäre, durch welches eine höhere Macht zu uns spräche. Durch ihn lernte ich ein höheres Christentum (was bisher immer nur dogma-tisch gewesen war) kennen, durch ihn wurde mein Geist näher zu Gott und zum ewigen Leben gehoben, – er brachte mich Gott näher.

Dank dir, edler Geist, dafür noch in jenen seligen Räumen, die du jetzt bewohnst!

Akademische Studien 1780–1783

Jena

Der liebe Vater hatte es sehr gut berechnet. Meine älteste Schwester war an den herrlichen Professor *Weber* aus Rostock verheiratet, ein Mann wie ein Engel; da konnte ich zwar nicht wohnen, aber sie sollten Aufsicht über mich haben. Dann waren *Loder, Stark* Freunde unseres Hauses. – Aber was helfen alle Berechnungen und Aufsichten bei einem jungen Menschen von 18 Jahren, der zum ersten Male in die Freiheit kommt. Der Ton unter den Studierenden in Jena war damals über alle Maßen roh, liederlich und ausgelassen, der echte alte Komment in voller Herrschaft; Landsmannschaften, Kommerse, Sanfgelage, Schlägereien an der Tagesordnung. Und gerade der Schwager Eichhorns, an dessen Haus ich besonders empfohlen, war einer der ärgsten Renommisten. So kam ich allerdings in solche Verbindungen. Aber mein guter Engel und Gottes Gnade haben mich dennoch auch hier bewahrt, daß ich nicht vom Wege der Tugend abgewichen und in grobe Ausschweifungen verfallen bin. Da habe ich recht, trotz alles bösen Beispiels und aller Versuchungen, die Kraft einer frommen religiösen Erziehung erfahren. Nur der Ernst des Studiums, der Fleiß, das beständige Denken an *dic cur hic* litten unter dieser Umgebung, wozu noch die herrliche Natur, die mehr hinaus als herein ins Haus lockte, das ihrige beitrug.

Das einzige, was ich wirklich in Jena gelernt habe und was ich noch ewig dem werten Loder verdanke, ist Anatomie, und ich kann sagen, daß ich alles, was ich davon weiß, ihm zu danken habe; denn er war einzig als Lehrer dieser schweren Wissenschaft und hatte eine Gabe des Vortrags, seinen Gegenstand lebendig und deutlich zu machen, wie ich sie nachher nie wieder gefunden habe. Dieser Lehrer zeigte recht, daß es nicht von der Menge der Kadaver, sondern von der

Methode und Bemühung des Lehrers abhängt, wenn man etwas lernt;
denn mit zwei Kadavern – mehr hatten wir den ganzen Winter hindurch nicht – hat er uns vortrefflich und hinreichend unterrichtet.

Außer den oben Genannten waren meine Freunde *Kotzebue*, Schulz und ein gewisser Schweickert, ein stiller, fleißiger Mensch, der mit mir in einem Hause wohnte.

Göttingen

Mein teurer Vater merkte wohl, daß ich in Jena nicht so viel lernte, als ich sollte, und zu viel Geschmack an den Vergnügungen bekam. Auch bin ich überzeugt, daß, wenn ich in Jena geblieben wäre, es mit meiner wissenschaftlichen Bildung ziemlich mittelmäßig ausgesehen haben würde. Es wurde also beschlossen, mich Ostern 1781 nach Göttingen zu schicken, einer Universität, die damals, besonders in der Medizin, allen anderen vorstand. Männer wie *Richter, Murray, Baldinger, Wrisberg, Blumenbach, Gmelin* machten die medizinische Fakultät aus; außerdem *Schlözer, Lichtenberg*, Kastner, *Gatterer, Heyne, Spittler*, lauter Heroen der gelehrten Welt. Ich reiste in Gesellschaft des Stud. Grellmann, eines mehrere Jahre älteren, gesetzten, ernsten, streng sittlichen Menschen, der auch seine Studien in Göttingen vollenden wollte, der mit mir in ein Haus zog und, wie ich nachher erst anzunehmen Ursache hatte, im stillen vom Vater beauftragt war, mein beratender Freund und Beobachter zu sein, ohne daß ich es je bemerkt habe.

Ich kann nicht leugnen, daß mit der Versetzung nach Göttingen eine totale Veränderung in meinem ganzen Wesen vorging. War es der Einfluß der Göttinger Luft oder des dort herrschenden Geistes, der auch unter den Studierenden mehr Fleiß, Anständigkeit und Selbständigkeit hervorrief, oder die ernste gänzliche Abgeschiedenheit vom elterlichen Hause, das Gefühl der Fremde – wahrscheinlich alles vereint; genug, es ward stille in mir, und ich fand kein größeres Vergnügen, als meine Kollegia zu hören und dann auf meiner Stube zu studieren. Ich muß Göttingen den Dank zollen, daß es den Grund zu meiner ganzen Wissenschaftlichkeit gelegt hat. Dazu gesellte sich noch

ein großer Grad von Schwermut, die überhaupt immer in der Tiefe
meines Charakters lag, sowie zwei mein Herz tief betrübende Ereignisse, erst der Tod meines lieben Schwagers Weber in Jena, dann der
Tod meiner geliebten Mutter; sie starb plötzlich am Nervenschlage
1782. Mein Lieblingsgedanke war das Sterben und mein Lieblingslied:

Meines Lebens Zeit verstreicht,
Stündlich eil' ich zu dem Grabe.

Besonders gegenwärtig war mir immer der Vers:

Schein' ich von dir verlassen,
So will ich mich doch fassen
Und deiner Hilfe trau'n,
Und wenn ich auf dieser Erde
Nicht groß, nicht glücklich werde,
Voll Glaubens in die Zukunft schau'n.

Von großem Nutzen war mir der nahe Umgang mit *Lichtenberg* und
Osann, zu dem ich in den letzten anderthalb Jahren ins Haus zog,
und der mir durch die Liebenswürdigkeit seines Charakters, seine
Wissenschaft und praktische Geschicklichkeit als Freund, Muster und
Lehrer von großem Werte war und unvergeßlich bleibt. Groschke und
Neufville waren meine einzigen näheren akademischen Freunde.
Richter, Blumenbach und Lichtenberg haben den stärksten Einfluß
auf meine Bildung gehabt. Dem trefflichen Richter verdanke ich die
vorwaltende praktische Richtung in der Wissenschaft, die mir durch
mein ganzes Leben treu geblieben ist.

In dem heißen trocknen Sommer des Jahres 1783, wo nach dem
Erdbeben in Kalabrien ein trockner Höherauch die ganze Luft erfüllte,
promovierte ich den 24. Juli mit der Dissertation *de usu vis electricae
in Asphyxia* (*Opponentibus* Hufeland, *Girtanner,* Groschke) und reiste
den folgenden Tag nach Weimar ab.

Arzt in Weimar 1783–1793

Es war zu Ende des Julius, wo ich meinen Einzug in Weimar hielt. Ich fand den lieben Vater fast erblindet und sehr gebeugt und traurig. Er konnte fast nichts mehr lesen und sah nur die Gegenstände im großen; dabei oft das heftigste Herzklopfen, Schwindel, Hypochondrie. Die Schwestern waren außer sich vor Freude, ihren Bruder wieder zu sehen, der nun auch die Stütze des Vaters und des ganzen Hauses sein sollte. – Ich fühlte tief meine nunmehrige Bestimmung und nahm mir fest vor, mich ihr ganz zu weihen, des Vaters Arbeit zu übernehmen und ihm sein schweres Leben zu erleichtern. Es war eine schwere Aufgabe für den jungen 21jährigen Mann, die ganze große Praxis des Vaters – denn er hatte die stärkste, nicht bloß in der Stadt, sondern auch auf dem Lande bis an die Harzgrenze von Thüringen – zu übernehmen, und sie ist mir auch herzlich schwer geworden. Die Jahre, wo andere Jünglinge noch reisen oder das Leben genießen, sind für mich unter schwerer, oft kaum zu überwältigender Arbeit, Sorge und Anstrengung verflossen. Aber auch dafür danke ich Gott und erkenne es als weise Führung. Denn erstens habe ich dadurch den mit nichts zu vergleichenden Trost und Zufriedenheit für mein ganzes Leben erhalten, meinem lieben Vater die letzten Jahre seines Lebens erleichtert und versüßt zu haben und ihm dadurch wenigstens einen Teil meines Dankes und meiner Schuld für seine großen Wohltaten abzutragen. Ich glaube, es hat mir Segen gebracht für mein ganzes Leben; denn die Schrift sagt: Des Vaters Segen bauet den Kindern Häuser. Anderenteils wurde es für mich die herrlichste Schule, unter seiner erfahrenen, echt hippokratischen Leitung meine erste Praxis zu üben, und ich habe dadurch wohl mehr gelernt und bin besser zum Praktikus gebildet worden, als wenn ich alle Länder und alle Hospitäler Europas durchreist wäre.

Mein medizinischer Eintritt war nicht sehr glücklich. Merkwürdig genug erkrankten gerade an dem Tor, durch welches ich eingezogen war, zwei Personen, ein Schmied und seine Frau, an einem Faulfieber, übergaben sich meiner Kur und starben beide. Dieses schlug mich etwas nieder und hätte es als ein böses Omen betrachtet werden können. Aber ich führe es ausdrücklich an, um das Gegenteil zu beweisen, denn ich habe zehn Jahre mit vielem Glück in Weimar praktiziert.

Ich lebte nun im Hause ein ruhiges, stilles Familienleben, mit dem Vater, vier Schwestern (die älteste war als Witwe wieder nach Hause zurückgekehrt) und dem Bruder Fritz, der 12 Jahre jünger war als ich. Das Leben außer dem Hause, der größte Teil des Tages, war desto geräuschvoller und unruhiger für mich. Meine Lebensordnung gestaltete sich nun bald in folgender Weise, die nachher die Ordnung für mein ganzes Leben geblieben ist. Die Morgenstunde – ich stand früh auf, im Sommer halb sechs Uhr, im Winter sechs Uhr – war dem Geiste geweiht, dem stillen Nachdenken, dem eignen produktiven Arbeiten (denn früh ist der Geist am reinsten und produktivsten, am meisten sich selbst gleich, am wenigsten gestört und getrübt durch das Irdische, und daher reinerer und höherer Eingebungen fähig, auch ist es die einzige Zeit, wo der Arzt noch ungestört ist. – Die Stunden im Sommer von fünf, im Winter von sechs bis acht Uhr, sind daher durch mein ganzes Leben die einzigen geblieben, in denen ich schriftstellerische Arbeiten gemacht und alles geschrieben habe, was ich geschrieben, und das ist nicht wenig.) Von neun Uhr bis abends sieben bis acht Uhr der Welt, das heißt den praktischen Geschäften (in der Folge auch den akademischen); – der Abend dem Herzen zum Genuß des häuslichen Familienkreises.

Mein praktisches Leben in Weimar war in der Tat viel mühseliger, als es sich mancher praktische Arzt jetzt denken kann. Nicht allein nämlich mußte ich von früh bis abends zu Fuße herumlaufen, denn Weimar gehört zu den Mittelstädten, zu klein, um darin herumzufahren, und doch zu groß, um zu Fuß sich nicht recht sehr zu ermüden; sondern es kam nun noch die Landpraxis dazu. Bald schickte ein Pächter, bald ein reicher Bauer oder ein Landpastor oder ein Gutsbesitzer einen Wagen oder nur ein Pferd, oft ein schlechtes, um ihn zu besuchen; zuweilen vier bis fünf Meilen weit, am häufigsten jenseits des Ettersberges, nach Schwerstädt, Krautheim, Vippach, Brembach, Cölleda, Beichlingen, Wiehe, Heldrungen bis Mönchpfiffel, wo ich dann bei den damaligen abscheulichen Wegen und im Winter oder Frühjahr bei Tauwetter oft in Lebensgefahr geriet. Und das Allerbeschwerlichste war, daß ich zugleich, nach der damaligen fast allgemein herrschenden Sitte, die Arznei selbst geben und also zum Teil den Apotheker machen mußte. Wenn ich also mit den Krankenbesuchen fertig war, so mußte ich nun noch Dekokte, Pulver, Pillen machen und selbst dispensieren, und, was mir noch beschwerlicher war, abends 9 Uhr, oft mit völlig ermüdetem und erschöpftem Körper, mich hinsetzen und in die Krankenbücher die täglich verabreichten Arzneien eintragen, um zu Ende des Jahres oder der Krankheit die Rechnung machen zu können. Doch hatte dieses wieder den Vorteil, daß ich zugleich genötigt war, täglich mein Krankenjournal ordentlich zu führen. Auch hatte das Selbstdispensieren manche Vorteile. Ich lernte die Arzneikörper weit besser kennen, konnte mich selbst von ihrer Güte und Echtheit überzeugen, war sicher, daß bei der Zubereitung nichts versehen wurde, und, was ein Hauptvorzug des Selbstdispensierens ist, auch bei der Zubereitung hatte ich oft noch einen glücklichen Einfall von dem oder jenem Zusatz (wie ein Koch von der oder jener Würze), der die Wirksamkeit erhöhte. Nicht zu gedenken des unendlich größeren Zutrauens, womit der Kranke die Arznei unmittelbar aus der Hand des Arztes empfing, und man weiß, wieviel dies zur Wirkung beiträgt. – Genug, es war in aller Hinsicht eine höchst vortreffliche praktische Schule, durch die ich in diesen ersten zehn Jahren ging, und ich genoß so die beste Vorbereitung für meine nachherige akademische Laufbahn, von der ich freilich damals noch nichts ahnte.

Ich war abends oft so erschöpft und von Sorgen niedergedrückt, daß ich wünschte: es möge die letzte Nacht sein. – *Perfer et obdura, dolor hic tibi produit olim*, das rief ich mir dann zu.

Es ist gewiß eine der Hauptbeschwerden des praktischen Arztes, keinen Augenblick sicher für sich zu haben; selbst die Nacht ist nicht sein, und hierin genießt der geringste Hozhauer einen Vorzug, der abends nach getaner Arbeit Feierabend machen, seine Tür schließen und nun sicher auf Ruhe rechnen kann. Aber zwei große Folgen für das Innere entspringen daraus; einmal, daß der große Gedanke, die Basis des ganzen Christentums – nicht für sich, sondern für andere zu leben – immer lebendig in seiner Seele erhalten und immer praktisch ins Leben gerufen wird, – zweitens, daß er sich gewöhnt, nie mit Gewißheit auf etwas – auch nicht auf Freuden und Genüsse zu rechnen, – eine Eigenschaft, die in diesem unsicheren Erdenleben überhaupt sehr nützlich ist. Ich erinnere mich zum Beispiel, daß ich in dem damals sehr vollkommen gewordenen Theater sehnlichst die damals neue schöne Oper »Azur und Zemire« zu hören wünschte und dreimal schon Billetts dazu gekauft hatte, aber jedesmal durch unvorhergesehene praktische Geschäfte abgehalten wurde. Also was man so gewöhnlich Freuden nennt, die genoß ich wenig. Meine einzige Erholung und Aufheiterung war, außer den stillen häuslichen Stunden mit Vater und Geschwistern, die Beschäftigung mit der Wissenschaft und der Umgang mit einigen Freunden und geistreichen Menschen.

Was das erste betraf, so hatte ich noch große Liebe für Physik, besonders die Lehre von der Elektrizität, und für Naturwissenschaften von Göttingen mitgebracht. Ich setzte meine Versuche mit der Elektrizität fort und stellte dann Versuche mit dem *Hedysarum gyrans* an, wovon mir mein Freund Groschke aus England mitgebracht hatte. Außerdem benutzte ich die auserlesene praktische Bibliothek des Vaters zum Studieren. Was das zweite betraf, so war ich so glücklich, des Umgangs der damals Weimar zierenden großen Geister *Wieland*, Herder, Goethe, *Schiller* zu genießen, ja ihr Arzt zu sein, sie so noch viel genauer kennen zu lernen. Aber mir näher traten vier, *Bode*, *Bertuch*, der Arzt *Buchholz*, *Musäus*; besonders die beiden ersten; sie wurden, obgleich älter, meine wahren Freunde und wirkten viel auf mich. Bode, der bekannte vortreffliche Übersetzer von Yorick Sterne, war einer der merkwürdigsten Menschen. Seinen Anfang hatte er als gemeiner Regimentspfeifer gemacht, war dann Buchdrucker und Buchhändler in Hamburg geworden, durch eigene Anstrengung wissenschaftlich und Schriftsteller, Freund von Claudius und Klopstock, zuletzt des Minister *Bernstorff*, und nach dessen Tode Hausverwalter und Gesellschafter seiner Witwe, mit der er in Weimar lebte. Er war von großem, starken, kräftigen Körper, grundehrlich, offen und wahr, gerade, freisinnig in allen Beziehungen; dabei voll Geist und Witz, der ganz die Tristram Schandysche Manier angenommen hatte. Dadurch erwarb er sich in Weimar einen großen Einfluß, am meisten auf junge Leute, die er gern an sich zog. Natürlich war seine Wirkung auf mich jungen Mann sehr groß, und auch er bewies mir besondere Auszeichnung und Liebe. Seine Hauptstärke war damals der Kampf gegen den Katholizismus und Jesuitismus (der sich in Deutschland, besonders in Berlin, sehr wirksam zeigte, und von *Nicolai* und *Biester* bekriegt wurde), und Reformationen der Maurerei. Damit vereinigte sich nun das Eingehen in die Freiheitsideen und der Kampf gegen Despotismus, der damals in Frankreich vorbereitet wurde; auch *Mirabeau* lernte ich bei ihm kennen. Er zog mich natürlich in das Interesse aller dieser Gegenstände. Er wollte nur die Maurerei benutzen zur Bekämpfung des Jesuitismus und Despotismus, und gründete dazu als höheren Grad den Illuminaten-Orden, woran er mit *Weishaupt* und *Knigge* tätig arbeitete. Auch ich ward darin aufgenommen und glaubte damit Gott und der Wahrheit einen Dienst zu tun. Auch kann ich versichern, daß auf dem Standpunkt, auf welchem ich stand, nur auf Selbsterkenntnis, Aufklärung, Reinheit der Gesinnung und Sitten hingearbeitet wurde, und ich diesem recht viel Gutes für meine innere Ausbildung verdanke. Besonders war die zur Pflicht gemachte Führung eines Tagebuches und Notierung aller Gedanken und gelesenen Stellen, die einen besonderen Eindruck auf mich gemacht hatten, von vielem Nutzen.

Der zweite Mann, dem ich hier ein Dank- und Ehrendenkmal zu setzen habe, ist Bertuch. Er meinte es redlich und gut mit mir und wirkte durch seine mannigfaltigen Kenntnisse, ausgebreiteten Bekanntschaften, Mitteilung literarischer Erfahrungen und Neuigkeiten und unermüdete Regsamkeit und literarisch-technische Tätigkeit auch aufregend auf mich, und Aufregung von außen und nach außen bedurfte mein Geist.

Und so wurde das damalige Athen von Deutschland besonders ein Athen für mich, und ich kann es nicht anders als eine Gnade Gottes und einen Haupteinfluß auf meine fernere geistige Entwicklung betrachten, in diesen hellen geistigen Elementen die ersten zehn Jahre meiner geistigen Entfaltung und Hervortretens in die Welt verlebt zu haben.

So entwickelte sich auch meine Liebe zur Schriftstellerei, die vorher schon immer embryonisch in mir gekeimt hatte, zur Tat. Die erste Veranlassung gab das Unwesen, welches damals *Mesmer* in Wien mit seinem Magnetismus angefangen, und was sich aus ihm nach Frankreich verpflanzt hatte, und was von da aus uns wieder mit Pamphleten überschüttete. Manche Aufschlüsse, die mein Freund Reinhold, der damals von Wien kam, darüber gab, Bertuchs Aufmunterungen und literarische Hilfsmittel, meine gesunde Lichtenbergsche Physik und die durch Bode, Nicolai und Biester damals aufgeregte Furcht vor Jesuitismus und Aberglauben – alles dieses drängte mich, öffentlich dagegen aufzutreten und das Ungründliche, Unphysische in der Sache aufzudecken, und alles auf Täuschung der Sinne durch Phantasie, ja selbst die Sinnlichkeit, zurückzuführen. Ich glaubte dadurch der Wissenschaft, der gesunden Vernunft, ja selbst der wahren Religion und Aufklärung einen Dienst zu tun. So entstand mein erster literarischer Versuch, der Aufsatz »Mesmer und sein Magnetismus«, der im Jahre 1785 im Deutschen Merkur abgedruckt wurde. Wieland war darob so zufrieden, daß er mir ein sehr schmeichelhaftes Billett nebst zehn schönen glänzenden Dukaten schickte. Man kann sich die Freude eines

jungen Autors darüber denken, und dieses Zeugnis eines hohen Meisters trug nicht wenig dazu bei, meine Luft und meinen Mut zu fernerer Schriftstellerei zu stärken. Das Folgende war meine Abhandlung »Über die Ausrottung der Pocken«, wozu ich die Absonderung, ebenso wie bei der Pest – damals das einzige denkbare Mittel – vorschlug. Eine damals in Weimar grassierende, höchst bösartige Pocken-Epidemie veranlaßte mich, meine Beobachtungen darüber sowie über die Inokulation, die ich damals häufig ausübte, niederzuschreiben, die manche meiner Ansichten und Erfahrungen enthielt. Dies war mein erstes Buch, das ich 1787 bei Göschen in Leipzig drucken ließ. Mit großer Schüchternheit und Bescheidenheit; ich war höchst zufrieden, einen Louisd'or für den Bogen zu erhalten. Aber um so überraschender war der Beifall, den es allgemein erhielt, besonders eine sehr vorteilhafte Rezension in der Allg. Lit. Zeitung von Fritze in Halberstadt, und ich freue mich noch, zu sehen, daß meine Grundsätze, die ich damals aussprach, noch jetzt die wahren und allgemein anerkannten sind. –

Ich habe sie aber auch, wie alles, was ich in meinem Leben geschrieben habe, nicht aus meinem Kopfe, sondern aus der Natur und Erfahrung entnommen, wie ich überhaupt nie die Feder irgend eines äußeren Zweckes wegen angesetzt habe, sondern immer nur, wenn ich so von einem Gegenstande und meiner Überzeugung erfüllt war, daß ich durch inneren Antrieb gedrängt wurde, mich darüber auszusprechen.

Ein anderer Gegenstand nahm mich hierauf auf das lebhafteste in Anspruch, »Die Sorgen für die Scheintoten und die Errichtung eines Leichenhauses in Weimar«. *Franks* Ideen hierüber hatten mich begeistert. Ich schrieb hierüber eine Abhandlung für das Publikum, »Über die Ungewißheit des Todes«, und hatte die Freude, zu sehen, daß sie allgemeine Bewegung und Teilnahme in Weimar hervorbrachte, und besonders durch die Mitwirkung der edlen Gräfin Bernstorff (Witwe des berühmten dänischen Staatsministers) eine Subskription zustande kam, welche zur Errichtung des ersten Leichenhauses in Weimar zureichte.

Auch die Beobachtung der schönen Selbstbewegungspflanze, die den Namen *Hedysarum gyrans* führt und wovon ich einige Eremplare aus Samen in meinem Zimmer gezogen hatte, und die merkwürdigen, noch immer nicht erklärten, Tag und Nacht fortdauernden balancierenden Bewegungen ihrer Seitenblättchen beschäftigten mich auf ein ganzes Jahr hindurch auf das Lebhafteste, gaben Gelegenheit zu einer Menge von Versuchen mit Elektrizität etc., und zu tiefem Nachdenken über Leben und Reizbarkeit als Prinzip der Lebenstätigkeit, und veranlaßte endlich eine Schrift darüber, worin ich zuerst die Ideen aussprach, die ich nachher weiter ausbildete. Aber ich war so bescheiden, dieselbe zuerst ohne meinen Namen in Voigts Magazin der Physik abdrucken zu lassen.

Hier darf ich aber nicht unerwähnt lassen, daß schon in den letzten vier Jahren meines Weimarischen Lebens die Grundideen meiner Makrobiotik und Pathogenie sich in mir erzeugten und in den frühen Morgenstunden von mir niedergeschrieben wurden. Den ersten Anstoß zur Makrobiotik gab mir *Bacons Historia vitae et mortis*, und meine Ideen und Leben und Lebenskraft bildeten sich aus von Beobachtung der Natur im gesunden und kranken Zustande, besonders aber des

Eies, der Samen und der Germination, sowohl im vegetabilischen als animalischen Organismus, – sowie auch die Ideen von der Aufzehrung der Lebenskraft durch das Leben selbst und angewendet auf einzelne Funktionen, Krankheiten, Krise, die Schwäche als natürliche Folge des Nachlasses durch die Überreizung und Selbstaufzehrung, und so hatte ich schon damals die ganze Idee von der damals von *Brown* genannten indirekten Schwäche, lange vorher (1787 bis 1790) ehe man noch wußte, daß ein Brown in der Welt war.

Ich muß hier noch ein Wort von meinem Stil sagen, den man, wie ich in der Folge gehört habe, gut gefunden, und dem man besonders das Lob der Klarheit und Bestimmtheit erteilt hat, und sagen, wie ich glaube dazu gekommen zu sein. Zuerst, daß ich mich beständig bestrebt, klare und bestimmte Begriffe von allen Dingen in meiner Seele zu bilden. Zweitens, daß ich besonders die römischen Autoren und vor allen den *Cicero* in meiner Jugend studiert hatte; denn das, glaube ich, ist der Hauptvorzug der römischen Sprache, daß sie den Jüngling nötigt, bestimmt, kurz und energisch zu denken, und auch den Gedanken so auszudrücken. Selbst der Periodenbau hilft dazu und hilft zugleich in der Logik. Sehr viel hat mir auch dazu das Studium der Rhetorik (*Ernestis Initia*) und des Quintilianus geholfen, worauf der gute Heinze viel hielt. Drittens mag nachher die Beschäftigung mit der klassischen französischen Literatur viel beigetragen haben, dem Stil mehr Geschmeidigkeit zu geben. Und endlich ist gewiß noch ein Hauptgrund dieser, daß ich nie schrieb, ohne ganz von meinem Gegenstand erfüllt zu sein, und das Geschäft des Schriftstellers als etwas Hohes und Heiliges zu betrachten, ja als das Höchste, weil er ja hier nicht bloß zur Gegenwart, sondern auch zur Nachwelt spricht, und mir auch dies immer zum Hauptgesichtspunkt machte: nie bloß an die Gegenwart, an das Interesse des Tages oder der Mode zu denken, sondern die Sache höher und für alle Zeiten zu fassen.

Am 13. *März 1787 starb mein Vater* an einem Frieselfieber im 57. Jahre. Sein Ende war selig wie sein Leben, und noch sehe ich, wie die Morgensonne gleich nach seinem Hinscheiden (es erfolgte morgens) so schön und ans Auferstehen erinnernd ins Zimmer schien. – Dieser Todesfall machte einen Abschnitt im Leben. Ich wurde nun selbständig, sowohl in der Praxis als in bürgerlichen und ökonomischen Verhältnissen. Es lag vieles auf mir und ich bat Gott innig um seinen Beistand. Wir Geschwister beschlossen einig zusammen im väterlichen Hause fortzuleben.

Aber ich sah wohl ein, daß ich nun aus Heiraten denken mußte, und, außerdem der Sehnsucht meines Herzens nach einem zweiten Herzen, waren es zwei Gründe, die mich trieben, die Ausführung zu beschleunigen. Der eine war die unangenehme und oft verlegene Stellung des praktischen Arztes, wenn er ledig ist, der andere, die mancherlei unangenehmen und kritischen Lagen, in welche ein junger Mann, der heiratsfähig und gern gesehen ist, in Beziehung auf junge Mädchen und ihre Familien kommt, mit allen den Rücksichten, nicht zu beleidigen und mich auch nicht zu sehr zu nähern, besonders bei meiner Gewissenhaftigkeit, die mir immer als höchst strafbar erscheinen ließ, einem weiblichen Herzen Hoffnungen zu erregen, die man nicht erfüllen wollte.

Meine erste Neigung wurde mir nicht gewährt, obwohl alles dazu geeignet schien. Es trat ein Freund aus der Ferne dazwischen, es entstand ein schmerzlicher Freundschaftskampf und ich opferte der Freundschaft meine Liebe. – Da erschien aus fernem Gebirge ein junges, unschuldiges, heiteres, höchst liebenswürdiges Landmädchen in Weimar, die ich, da sie im Hause des Bergrats Voigt lebte, fast täglich sah und kennen lernte. Sie gewann mein Herz. Ich dankte Gott, mir hier ein reines unverdorbenes Herz, im Gegensatz der vielen Verbildeten, zugeführt zu haben. Sie war aber erst 16 Jahre alt, und mein Plan war, unsere Verbindung noch wenigstens ein Jahr aufzuschieben und sie noch in einem guten Hause vollkommen ausbilden zu lassen. Aber ihr Vater, ein rascher lebhafter Mann, voll Freude über die glückliche Verbindung seiner Tochter, hatte uns gleich bei der ersten Nachricht aufgeboten, kam persönlich nach Weimar und drang auf die eheliche Verbindung, welche auch im November 1787 geschah.

Merkwürdig war übrigens das Fehlschlagen menschlicher, besonders väterlicher Pläne in Bezug auf mein Leben in Weimar. Der liebe Vater hatte natürlich keinen lieberen Wunsch, als seinen Sohn dereinst am

Hofe als seinen Nachfolger als Leibarzt zu sehen, welches schon der Großvater gewesen war. Er tat alles Mögliche dazu. Aber was geschah? – Die älteste Tochter des Herzogs, ein Kind von einenhalb Jahren, bekam einen Anfall des *Asthma acut. Mill.*, ich besuchte und besorgte sie, und sie starb am dritten Tage. Dies konnte natürlich nicht viel Zutrauen zu dem jungen Arzt erregen. – Die Herzogin-Mutter wird tödlich krank an einer Lungenentzündung. In der größten Not wird Hofrat Stark von Jena berufen. Er wagte am elften Tage noch ein Brechmittel, und sie genas. Dies gab ihm natürlich das größte Vertrauen und vereitelte des Vaters Hoffnungen für die Zukunft für mich. Ich war und blieb Hofmedicus mit 100 Thlr. Gehalt. Der Kummer über diese fehlgeschlagene Hoffnung trug gewiß viel zu des Vaters frühem Tode bei. – Aber wie herrlich haben sich Gottes Wege in der Folge entfaltet, und wie hat sich gezeigt, daß gerade das scheinbare Unglück das Mittel zu meinem Glück war. – Die Vorsehung hatte mich zu einem höheren und größeren Wirkungskreis bestimmt, von dem ich freilich damals nichts ahnte. Wäre ich aber in Weimar am Hofe glücklich gewesen und Leibarzt geworden, so wäre ich da fest geblieben und hätte nie als Lehrer, als Schriftsteller für die Wissenschaft, für die Welt, für einen größeren Staat das wirken können, was ich gewirkt habe.

So lebte ich also in meinen beschränkten Verhältnissen zufrieden, ruhig und tätig fort, keine Pläne für die Zukunft machend, bemüht, einen jeden Tag gehörig anzuwenden und meine Pflicht als Arzt zu tun. Gott allein überließ ich die Sorge für die Zukunft. Ich schrieb in mein medizinisches Tagebuch:

Der Menschen Leiden zu versüßen,
Das höchste Glück ganz zu genießen,
Ein Helfer, Tröster hier zu sein,
Dies, Gott, laß mich bei allen Sorgen,
Bei Tages Last, an jedem schwülen Morgen,
Gerührt empfinden, ganz mich weih'n
Zu helfen, trösten, zu erfreu'n!

Was meine religiöse Denkart betrifft, so lebte ich freilich in Weimar fast unter lauter sogenannten starken Geistern und solchen, welche nichts glaubten, sondern stolz darauf waren, sich, wie sie sagten, von allen religiösen Vorurteilen und Aberglauben frei gemacht zu haben. Auch ich nahm den Teil von allem, was nicht wesentlich war. Aber die Hauptsache blieb, der Glaube an Gottes Wort. An dies allein hielt ich mich, ja, ich konnte im Innern eine wahre Freude empfinden, wenn ich andere in Zweifeln und philosophischen Sophistereien begriffen sah und in mir die schöne Sicherheit fühlte, *etwas Festes* zu haben, an das ich mich halten konnte, was alle Zweifel löste. – Sehr wohltätig war mir auch in dieser Zeit das Lesen von *Stillings* Jugend zur Stärkung des Glaubens und des kindlichen Vertrauens auf Gott, wofür ich dem Verfasser noch im Grabe danke. – Auch Herders Predigten voll Würde und Salbung und voll göttlichen Geistes und erhabenen Ideen trugen nicht wenig dazu bei, meine Seele immer mehr zu Gott zu erheben und im Christentum zu veredln. 77

Während ich nun so ruhig in meinem Berufe fortlebte, ereignete sich im Herbst 1792 ganz unerwartet ein Zufall, der meine ganze künftige Bestimmung, ja mein Leben änderte, und der folglich kein Zufall war. Goethe hielt alle Freitage eine Gesellschaft gebildeter Menschen beiderlei Geschlechts, eine Art von Akademie, wo nach der Reihe jeder etwas zur Unterhaltung vortrug. Die Reihe kam auch an mich und ich las ein Fragment über das organische Leben aus meinen Arbeiten über Makrobiotik vor. Der Herzog war gegenwärtig, und gleich nachher sagte dieser zu Goethe: »Der Hufeland paßt zu einem Professor, ich will ihn nach Jena versetzen.« Dies wurde mir wieder gesagt. Ich fühlte nun zum erstenmal, daß ich dazu im Innern Neigung und Anlage hatte, ich erkannte zugleich in diesem ganz ohne mein Zutun von außen an mich ergangenen Antrag eine Fügung und Berufung von oben, und der Entschluß war gefaßt. Freund Loder tat alles Mögliche, um den Übergang zu erleichtern, und zum nächsten Frühjahr wurde der Überzug festgesetzt. 78

Professor in Jena 1793–1801

So trat ich also, durch höhere Macht geleitet und auch durch sie gestärkt, Ostern 1793 mein Lehramt in Jena als Professor *ordinar. honorar.* mit nicht mehr als 300 Taler Gehalt, aber der Hoffnung, durch die Honorare der zahlreichen medizinischen Studierenden das übrige zu erwerben, an. Außer dem Vertrauen auf Gott stärkte mich eine innere Stimme, die mir sagte: daß die vielen Erfahrungen und neuen Ideen, die ich über Leben, Kunst und Wissenschaft seit zehn Jahren gesammelt hatte, und von denen ich ganz erfüllt und zur Mitteilung gedrängt wurde, mein Wirken nützlich und segensreich für die Bildung der Jugend und Weiterförderung, ja neue Gestaltung dieser Wissenschaft machen werde, denn es waren mir wirklich viele neue Ideen aufgegangen, die in die Betrachtung des Lebens und in die Kunst einen höheren Einheitsgesichtspunkt brachten, nämlich: die Idee des Lebens, und dieser alles unterordneten. Ich hatte in diesem Sinne schon mehrere Jahre Fragmente für die künftige Makrobiotik und Pathogenie niedergeschrieben, die ich nun zu meinen Vorlesungen benutzte.

Meine Vorlesungen fanden mehr Beifall, als ich erwartet hatte und verdiente, besonders die Makrobiotik, die ich in dem großen Auditorium vor bis 500 Zuhörern öffentlich vortrug, und die, wegen ihrer moralischen Tendenz, die sie auf die Jugend haben mußte, mir viel Freude machte und Segen brachte. Außerdem las ich spezielle Therapie täglich zwei Stunden (in einem halben Jahre das ganze), Semiotik mit *Therapia generalis* und *Clinicum*, so daß ich täglich vier Stunden lesen, die klinischen Kranken besuchen und meine Vorträge täglich erst ausarbeiten mußte. Das alles zu leisten, stand ich alle Morgen um 5 Uhr auf, und hatte ein sehr angreifendes Jahr, besonders im Winter, wo die Früharbeit bei Licht meine Augen sehr schwächte. – In der Folge trug ich noch abwechselnd Pathologie und *Materia medica* vor, so daß ich alle Teile der Medizin nach meinen Grundsätzen bearbeitete. Meine Privatvorlesungen hatten 80 bis 100 Zuhörer, voll von Eifer und Fleiß für die Wissenschaft, – es war ein herrlicher Geist unter der Jugend. Es wurde dadurch das scheinbar Unmögliche möglich.

Das Klinikum wurde mit 300 Taler, die ich dazu erhielt, dennoch so vollkommen besorgt, daß jährlich 600 Kranke behandelt und 50 junge Leute praktisch beschäftigt wurden – freilich durch die Verwendung ihrer Honorare für das Institut.

Hierzu kam nun noch der freundliche Empfang eines schönen Kreises hochgebildeter Kollegen und Freunde: *Loder, Stark, Batsch, Fichte, Griesbach, Paulus, Hufeland, Schiller*, zu denen in der Folge sich noch *Schlegel* und *Schelling* gesellten.

Im Jahre 1705 gab ich meine Pathogenie, 1796 meine Makrobiotik heraus, wovon die erste in der wissenschaftlichen, die zweite in der populären Welt einen sehr vorteilhaften Eindruck machte, und von denen die letztere in alle europäischen Sprachen (englisch, französisch, italienisch, spanisch, polnisch, schwedisch, russisch, serbisch) übersetzt wurde.

Zu gleicher Zeit fing ich auf Zureden des Buchhändlers Seidler das Journal der praktischen Heilkunde an, welches ebenfalls einen so glücklichen Fortgang hatte, daß es durch mein ganzes Leben hindurch fortgedauert hat, und außer dem wissenschaftlichen Nutzen für Aufrechthaltung einer erfahrungsmäßigen Medizin (im Gegensatz der hypothetischen) auch für mein Ökonomisches eine gute Stütze in der Not und eine Hauptquelle meines Vermögens wurde, da ich mir es zum Grundsatz machte, die Einkünfte davon nicht auszugeben, sondern zurückzulegen. Die Folge von alle dem war eine große allgemeine Berühmtheit, weit weit über mein Verdienst, was ich auch, Gott sei gedankt, immer dabei fühlte. Und davon waren wiederum die Folgen auswärtige Vokationen, die sich in den Jahren 1797–1798 fast drängten. Erst als Professor nach Kiel, dann nach Leipzig, dann als Leibarzt nach Rußland, vom Kaiser Paul, endlich als Professor nach Pavia an Franks Stelle und von ihm empfohlen. Ich schlug sie alle aus, weil es mir in Jena wohl ging, aus Dankbarkeit gegen mein Vaterland und weil der Ehrgeiz mich nicht beherrschte; in Rußland besonders auch deswegen, weil ich dann an die Person eines launischen Monarchen gefesselt und von aller wissenschaftlichen Verbindung getrennt gewesen wäre. Pavia und das schöne Italien mit 4000 Taler Gehalt und vier Monaten Sommerferien hatten den größten Reiz, und dennoch lehnte ich sie ab, einmal weil ich noch zu deutsch fühlte und mich verpflichtet hielt, das, was ich sei, meinem Vaterlande vor allen Dingen zu opfern, dann weil ich den Katholizismus, besonders für meine Kinder, fürchtete, und endlich, weil eine Invasion von Napoleon und langwierige Kriege zu fürchten waren, was auch eintraf. Doch machte ich die Bedingung: meinen Gehalt von 300 auf 600 Taler zu erhöhen und ein kleines Krankenhaus für das Klinikum eingerichtet zu bekommen.

82

Es war offenbar der höchste Glanzpunkt meines Lebens; aber eben deswegen der gefährlichste für meine Eitelkeit, für die Aufregung des Übermutes, des Stolzes und der Selbstsucht, sowie überhaupt für mein besseres Ich. – Und wie wunderbar, wie weise, wie gnädig sorgte hier die Vorsehung durch unerwartete, zum Teil höchst schmerzhafte Ereignisse, mich davor zu bewahren, und mich in der Demut, der Bescheidenheit und der Entsagung zu üben.

Das erste war die Erscheinung des Brown'schen Systems, durch Weikard, Röschlaub auf die heftigste, zum Teil unanständigste Weise gegen alle Andersdenkende in Deutschland gepredigt, und durch seine Konsequenz, scheinbare Wahrheit, große Einfachheit und Leichtigkeit bei jungen Leuten viel Glück machend. – Es verwundete mich tief, einmal weil es die wahre gründliche Wissenschaft, Naturansicht und Erfahrung geradezu zerstörte und in der Praxis einen falschen, ja höchst gefährlichen Weg lehrte. Zweitens weil es mir geradezu mein persönliches Verdienst in der Wissenschaft raubte, indem es das, was ich mein Eigentum nennen konnte – zuerst und lange vor Brown den Gedanken und das Bestreben gehabt und öffentlich ausgesprochen zu

83

haben, die ganze Medizin unter ein Prinzip, das Prinzip des Lebens oder der Lebenskraft zu bringen, und so Einheit in den verschiedenen Teilen derselben zu begründen, und den Unterschied von Solidar- und Humoralpathologie, Materialisten und Dynamisten gänzlich aufzuheben – jetzt allein dem Engländer Brown zuschrieb, der es aber höchst einseitig nur unter dem Namen Inkitabilität aufgestellt hatte, und ihn dadurch als den Reformator und Restaurator einer neuen höheren Medizin pries – ein Irrtum, der leider noch bis auf den heutigen Tag sich in den deutschen Kompendien und vielen Köpfen erhalten hat. Drittens weil dadurch die Jugend so betört wurde, daß sie die Ohren für die Stimme der Erfahrungslehre verschloß und sich blindlings dem neuen Irrtum ergab. So machte es mich sehr unglücklich, wenn ich nun, nachdem ich sie anfangs meist gebildet hatte, sie haufenweise nach Wien und Bamberg eilen und sich unter Franks und *Marcus* Leitung dem verderblichen Brownianismus hingeben sah. Schließlich kam noch die Kränkung hinzu, daß ich von Röschlaub öffentlich mit allem, was ich schrieb und geschrieben hatte, auf das pöbelhafteste behandelt und herabgewürdigt wurde.

Das zweite war ein körperliches Unglück, ein plötzliches Erblinden auf dem rechten Auge. Am 20. November 1798 war ich bei sehr kalter nasser Witterung im offenen Wagen zu einem Kranken (Herrn v. Seckendorf) drei Stunden weit gefahren und abends 8 Uhr sehr durchkältet und durchnäßt zurückgekommen. Hier fand ich das eben herausgekommene Gedicht Goethes »Hermann und Dorothea«, fiel darüber her, durchlas es bis fast Mitternacht mit großer Anstrengung meiner Augen, schlief dann bis 7 Uhr, und als ich erwachte, war ich in dieser Nacht auf dem rechten Auge völlig blind geworden, ich sah da nichts als eine dunkelgraue Wolke. Es war offenbar *Amaurosis a Metastasi rheumatica et nimia intentione nervi optici.* Meine Freunde Loder, Stark, *Bernstein* taten alles zur Hebung des Übels, aber alles war vergebens; ich beschloß endlich, ein halbes Jahr die Augen gar nicht anzustrengen, machte eine Reise nach Doberan, Pyrmont, Hänlein am Rhein (ein Gut, das ich gekauft hatte), brauchte das Seebad und Pyrmont, aber alles war vergebens. Mein Auge blieb blind, ist es bis auf den heutigen Tag (den 4. Juni 1831) geblieben, und Gott hat mir dennoch das andere Auge so erhalten, daß ich in den 30 Jahren noch viel habe tun können. Aber freilich damals machte dieses Unglück einen großen Eindruck und hatte einen entschiedenen Einfluß auf mein ganzes Leben und künftiges Schicksal. Ich mußte nämlich mit großer Wahrscheinlichkeit annehmen, daß ich auch das andere Auge verlieren würde. Die erste Folge war, daß meine literarischen und praktischen Arbeiten gänzlich unterbrochen wurden (der zweite Band der Pathologie blieb dadurch zurück), die zweite, daß ich mich für die Zukunft darauf einrichten mußte, als blinder Mann noch nützlich zu sein, und dies konnte nur als Lehrer und Schriftsteller geschehen.

Die dritte, daß ich mich nun fremder Hilfe, zum Vorlesen und Diktieren, bedienen mußte, und dies war der Grund, weshalb ich junge Studierende (Harbauer und Bischoff) zu Hausfreunden und Hausgenossen aufnehmen mußte. – Ich war so glücklich, dem Kummer nicht zu unterliegen, sondern mich bald wieder zu ermannen, meine Kraft zu sammeln und im Vertrauen auf Gott meine Geschäfte, wenn auch schwieriger und unvollkommener, fortzusetzen. Ich bin überzeugt, hätte ich mich dem Gram und den Tränen hingegeben, wie so viele tun, ich hätte das andere Auge auch verloren.

86

Außerdem hatte auch mancher stille Kummer des Herzens und Mangel seiner Befriedigung mich längst dahin gebracht, auf alles irdische Glück zu verzichten und mich ganz dem höheren geistigen Leben zu widmen, ja den wirklichen Übergang in jene Welt als ein Glück zu betrachten.

So fand mich das Jahr 1800, nicht mehr feurig, noch weniger übermütig, sondern ziemlich niedergebeugt und bekümmert, dazu auch die äußere Lage nicht mehr ermunternd und erfreuend, denn durch die französische Revolution und den sich auch in Deutschland regenden Jakobinismus und Sansculottismus war bei den Monarchen großes Mißtrauen, besonders gegen Gelehrte und Akademien, entstanden, und selbst unser trefflicher Fürst – durch mehrere freie Außerungen der Jenaischen Professoren und durch die bei jungen Leuten so leicht zu erregenden Freiheitsideen (Marseiller Lieder usw.) etwas von seiner früheren Liebe für Jena abwendig gemacht – besuchte uns nicht mehr, die versprochenen und begonnenen Verbesserungen blieben aus, und ich insbesondere konnte das mir versprochene und so nötige Krankenhaus nicht erhalten, sondern mußte es sehen, daß, wenn eines errichtet werden sollte, solches Stark, der als Leibarzt in Weimar mehr persönlichen Einfluß hatte, zu Teil werden würde. – Schon verbreitete

87

sich ein Mißbehagen unter den Professoren und schon war *Fichte*, durch seinen unglücklichen Atheistenprozeß veranlaßt, nach Berlin abgegangen. – Alles dies machte mich immer mehr mißmutig und ließ mich für die Zukunft nichts Erfreuliches erwarten.

Da erschien ganz plötzlich und unerwartet ein Ruf nach Berlin an *Selles* Stelle als Leibarzt, als Direktor des *Collegium med.* und erster

Arzt der Charité mit 1600 Talern Gehalt. – Ich verdankte ihn, wie ich nachher erfuhr, außer meinem literarischen Rufe, der Empfehlung *Beymes*, der mich bei des Königs Besuch in Weimar im vorigen Jahre persönlich kennen gelernt hatte. In meiner jetzigen innern und äußern Lage konnte mir dieser Antrag nicht anders als ein Ruf von oben, als eine gnädige Fügung des himmlischen Vaters erscheinen, besonders da er so ganz ohne mein Zutun erfolgte. In Jena trübten sich die Aussichten für die Zukunft; hier öffnete sich mir ein großer erfreulicher Wirkungskreis: ein großes Krankenhaus, wo ich als klinischer Lehrer mehr Nutzen stiften konnte, ein weniger beengtes Leben, ein liberaler, unter einer neuen Regierung neu aufblühender Staat, und, was für meine individuelle Lage und als Familienvater besonders wichtig war, in einer großen Stadt eine schöne Aussicht in die Zukunft für mich und meine Kinder.

88

In diesem Sinne war der Entschluß bald gefaßt. Ich legte mein Lehramt nieder, dankbar gegen den Fürsten, der mich darauf gesetzt, und gegen die Akademie, die mich acht Jahre lang so freundlich und ehrenvoll gepflegt hatte, und trat mit neuem Mut die neu eröffnete Bahn an.

Meinem Beispiel folgten nachher mehrere der ausgezeichnetsten Lehrer, Loder, Paulus, Schelling, Hufeland, so daß es einer Emigration ähnlich war.

Während meines Aufenthalts in Jena wurden mir zwei liebe Kinder geboren, Julie in Jena und Laura am Rhein, wohin sich ihre Mutter wegen sehr geschwächter Gesundheit begeben mußte.

Durch meine literarischen Arbeiten, besonders die Makrobiotik und das Journal, hatte ich so viel gewonnen, daß ich ein Kapital von 10000 Talern besaß, welches ich zum Ankauf des Gutes Hänlein an der Bergstraße zu 30000 Gulden rhein. verwendete, das ich mir als Asyl für mein Alter dachte. Aber was sind des Menschen Berechnungen! Wie ganz anders ist es gekommen! Achtzig Meilen davon, im Tiergarten bei Berlin, habe ich dieses Asyl gefunden.

89

Arzt, Direktor, Leibarzt und Professor in Berlin bis zum Kriege, 1801–1806

Im Anfang April 1801 zog ich nach Berlin. Ich betrat einen für mich ganz neuen Schauplatz, eine große Welt, in der ich wirken sollte, einen königl. Hof, dem ich als Leibarzt dienen sollte, eine medizinische Fakultät, der ich als Direktor vorstehen sollte, ein großes Krankenhaus, in welchem ich der erste Arzt sein sollte, überdies noch die Akademie der Wissenschaften, die meine Tätigkeit in Anspruch nahm. Es waren viele und wichtige Geschäfte, die meine ganze Kraft erforderten, ja überstiegen. Höchst gnädig und ermunternd war die Aufnahme von Seiten des Königs, der Königin und der ganzen königlichen Familie, sowie von Seiten des Publikums, was mir bald ein allgemeines Zutrauen schenkte. – Schwieriger war das Verhältnis zu den Kollegen von Seiten des *Collegium medicum*, die größtenteils viel älter als ich (*Walter, Mayer, Gönner*), zum Teil selbst auf die Direktorstelle Anspruch gemacht hatten, und mich jungen Mann nun als Direktor anerkennen sollten. Am allerschwiersten war aber das Verhältnis zur Charité, wo ich in meinem Kollegen Fritze einen der wütendsten Brownianer fand; und in dem Hause eine Menge Übelstände, die ich so gern verbessert hätte, aber wegen der vielen konkurrierenden Behörden, und weil ich nur koordiniert, aber nicht vorgesetzt war, nicht abstellen konnte. Ich tat mein möglichstes, aber es entstand nun das unangenehme Verhältnis, daß, wenn Fritze in den Krankensälen alles nach Brownschen Grundsätzen behandelte (und z. B. sich rühmte: während eines ganzen Jahres kein einziges Mal Ader gelassen zu haben), ich in dem Hörsaal desselben Hauses Vorträge über die Wichtigkeit und Schädlichkeit dieses Systems hielt. – Das schlimmste war, daß meine ökonomische Lage – ich hatte nur 1600 Taler Gehalt und dabei eine zunehmende Familie – mich nötigte, viel Praxis zu übernehmen, um die zum Leben und zur Equipage notwendigen 4–5000 Taler zu erwerben. Die Folge war, daß ich bald meine ganze Zeit, von früh 0 bis 4 Uhr, und abends von 5 bis 8 Uhr auf der Straße zubringen, täglich

30–40 Krankenbesuche machen mußte, und weder meiner Wissenschaft, noch dem Lehramt, noch meiner Familie leben konnte. Ich wurde beneidet, schien äußerlich glücklich. – *Mursinna* sagte mir einst: »Sie sind der glücklichste Mann, haben die schönste Frau, die schönste Equipage, das reichste Einkommen« – und dennoch fühlte ich mich innerlich unglücklich! Mein Geist konnte nicht mehr der Wissenschaft leben, meine literarischen Arbeiten lagen darnieder, für das Lehramt konnte ich fast gar nichts tun und selbst mein Kopf ging durch die arge praktische Zerstreuung unter, meine Gesundheit fing an durch die übermäßigen Anstrengungen zu leiden. Ich fühlte, daß es in die Länge so nicht bleiben konnte. Aber wie es ändern? – Da kam im Jahre 1803 *Brandis* aus Hannover nach Berlin und trug mir die Professur der Therapie und Klinik in Göttingen (die nachher *Himly* bekam) an. Dies war ganz meiner Neigung angemessen und ich ging darauf ein. Aber der König hatte von dieser Unterhandlung gehört, er wünschte mich zu behalten und sagte: »Wenn man den Vogel behalten will, so muß man ihm ein Nest bauen.« Er ließ mir 20000 Taler anweisen zum Bau eines neuen Hauses. Ich zog es vor eins zu kaufen, was ich sogleich beziehen konnte, wozu ich aber nur 15000 Taler erhielt.

So war ich durch die Gnade des Königs und das mir dabei bewiesene Vertrauen gefesselt. Die Dankbarkeit verpflichtete mich zu bleiben, ich hielt es für Gottes Willen, und beschloß, im Vertrauen auf Ihn, mein Leben wie bisher fortzusetzen, nicht ahnend, wie bald eine Änderung darin eintreten würde.

Einen großen Kummer bereitete mir damals eine Kabale, die der alte Fritze spielte. Ich hatte darauf gerechnet, bei seinem bald zu erwartenden Abgange den Zustand der Charité zu verbessern, und besonders statt der Brownschen Schule eine bessere zu gründen. Dies ahnend und zu verhindern suchend, hatte er ganz in der Stille, durch *Formeys* und *Schulenburgs* Mitwirkung, einen der damaligen heftigsten jungen Browianer, den Dr. *Horn*, für die Charité als seinen Gehilfen und Nachfolger engagiert, und ich erfuhr es zu spät, um es rückgängig machen zu können. So war mir die ganze Aussicht für die Zukunft getrübt.

Doch besonders wohltuend für mich war die gnädige Gesinnung der liebenswürdigen edlen Königin, die sie mir immer mehr zuwendete. Und ein ganz besonders beglückender und meine geschwächte Gesundheit stärkender Zeitraum war die Reise, die ich im Jahre 1806 mit ihr nach Pyrmont und für mich nach Nenndorf (wegen eines Anfalles von Flechten) machte (mit Kiesewetter und Nolte). Es war die glücklichste Zeit, die ich seit vielen Jahren genoß, aber auch die letzte Abendröte des scheidenden Tages für die Königin und uns alle.

Denn schon bei der Abreise im August hörten wir, daß die Armee Marschordre erhalten hatte und daß der Krieg gegen Napoleon beschlossen war.

Flucht nach Preußen. Exilium in Memel und

Königsberg

Am 14. Oktober 1806 war die unglückliche Schlacht bei Jena, den 16. hatten wir nichts als Siegesnachrichten davon in Berlin und feierten mit Fichte abends ein frohes Siegesmahl. Den 18. früh 6 Uhr ward ich aufs königl. Palais zur Königin gerufen, die eben in der Nacht vom Schlachtfelde angekommen war. Ich fand sie mit verweinten Augen, aufgelösten Haaren, in voller Verzweiflung. Sie kam mir mit den Worten entgegen: »Alles ist verloren. Ich muß fliehen mit meinen Kindern und Sie müssen uns begleiten.« Dies sagte sie mir um 6 Uhr und um 10 Uhr saß ich im Wagen, nachdem ich in aller Eile nur das Notwendigste geordnet, meine Kranken übertragen und meine Arbeitsstube verschlossen hatte. Es war ein harter Kampf und eine schwere Stunde. Aber die heilige Pflicht gebot, denn auch die Prinzeß Wilhelm, deren Arzt ich war, und die jeden Augenblick ihre Niederkunft erwartete, mußte fliehen und auch diese konnte ich nicht verlassen. Die Pflicht gebot dem Manne seinem Beruf treu zu folgen, der Frau das Haus und die Kinder zu bewahren. So machte ich meine Anordnung: Julie sollte ruhig während des Kriegs zu Hause bleiben und die Kinder, davon das jüngste erst 1 Jahr alt war, bewachen; aber, um dem ersten

Einfall der Franzosen in Berlin zu entgehen, den man gefährlich glaubte, sollte sie solange, bis die französische Armee weiter vorgerückt wäre, in Stargard bleiben und dann ruhig nach Berlin zurückkehren. Aber sie handelte leider anders. Statt nur bis Stargard zu reisen, reiste sie mir mit sämtlichen Kindern (mit Ausnahme Eduards) bis Königsberg nach, wodurch nachher viel Not und Unglück entstand.

Ich folgte treu meiner Pflicht, begleitete Prinzeß Wilhelm in beständiger ängstlicher Erwartung der Niederkunft bis nach Danzig, wo sie niederkam. Das Kind kam mit Krämpfen zur Welt (die natürliche Folge der zuletzt ausgestandenen Not und Angst) und starb den 9. Tag unter Krämpfen. Die einzige noch lebende Tochter Amalie, eineinhalb Jahr alt, legte sich nun auch, bekam ein heftiges Nervenfieber, und, als ich am 8. Tage desselben, wo die Gefahr eben etwas nachzulassen anfing, abends bei ihr saß, bekam ich einen Kurier von Königsberg, augenblicklich zur Rettung des Prinzen Karl, der auch vom Nervenfieber ergriffen, zu eilen. Ich machte mich sogleich auf den Weg, setzte bei stürmischem Novemberwetter bei Pillau über das Meer – ich mußte die Matrosen mit Gewalt zum Übersetzen zwingen, weil sie die Gefahr des Sturmes fürchteten – kam des Nachts um 2 Uhr in Königsberg an und fand den Prinzen im Zustande eines Sterbenden, ohne Besinnung, Puls 120, Krämpfe, Diarrhöe, den 7. Tag des Fiebers. Ein warmes Kräuterbad allein konnte retten, aber es war bei der höchsten Schwäche mit Lebensgefahr verbunden; doch ohne Rücksicht auf den Erfolg und meinen Ruf, nur der Pflicht: alles zu tun, was zur Rettung möglich war, folgend, entschied ich mich. Das Bad wurde genommen und Gott segnete es. Von dem Augenblick an mäßigte sich das Fieber, der Kopf wurde freier und die Krämpfe ließen nach; der Anfang der Besserung war gemacht.

Es wurden fast alle Emigranten von dieser Krankheit ergriffen, ich war den ganzen Tag, auch Nächte, am Krankenbette, sehr angegriffen, ein Wunder, daß ich frei blieb! Endlich ergriff der böse Typhus auch unsere herrliche Königin, an der alle Herzen und auch unser Trost hing. – Sie lag sehr gefährlich darnieder, und nie werde ich die Nacht des 22. Dezembers vergessen, wo sie in Todesgefahr lag, ich bei ihr wachte und zugleich ein so fürchterlicher Sturm wütete, daß er einen

Giebel des alten Schlosses, in dem sie lag, herabriß, während das Schiff, welches den ganzen noch übrigen Schatz und alle Kostbarkeiten enthielt, auf der See war. Indes auch hier ließ Gottes Segen die Kur gelingen, die Kranke fing an sich zu bessern. Aber plötzlich kam die Nachricht, daß die Franzosen heranrückten. Sie erklärte bestimmt: »Ich will lieber in die Hände Gottes als dieser Menschen fallen«. Und so wurde sie den 8. Januar 1807 bei der heftigsten Kälte, bei dem fürchterlichsten Sturm und Schneegestöber in den Wagen getragen und 20 Meilen weit über die Kurische Nehrung nach Memel transportiert. Wir brachten 3 Tage und 3 Nächte, die Tage teils in den Sturmwellen des Meeres, teils im Eise fahrend, die Nächte in den elendsten Nachtquartieren zu – die erste Nacht lag die Königin in einer Stube, wo die Fenster zerbrochen waren und der Schnee ihr auf das Bett geweht wurde, ohne erquickende Nahrung – so hat noch keine Königin die Not empfunden! – Ich dabei in der beständigen ängstlichen Besorgnis, daß sie ein Schlagfluß treffen möchte. – Und dennoch erhielt sie ihren Mut, ihr himmlisches Vertrauen auf Gott aufrecht, und er belebte uns alle. Selbst die freie Luft wirkte wohltätig, statt sich zu verschlimmern, besserte sie sich auf der bösen Reise. Wir erblickten endlich Memel am jenseitigen Ufer, zum ersten Mal brach die Sonne durch und beleuchtete mild und schön die Stadt, die unser Ruhe- und Wendepunkt werden sollte. Wir nahmen es als ein gutes Omen an.

Aufenthalt in Memel vom 11. Januar 1807 bis 15.

Januar 1808

Wichtiger Abschnitt meines Lebens! Nach einem sechsjährigen unaufhörlichen tumultuarischen, größtenteils in Tag und Nacht anstrengenden Berufsarbeiten, teils auch in Sinnengenuß und eitlen Weltzerstreuungen verbrachten Leben, wo selten eine Stunde ruhiger Sammlung und frommer Erhebung des Herzens möglich war – nun plötzlich in gänzliche Abgeschiedenheit von allem äußeren Leben, sowohl Geschäfts als Sinnenrauschs; selbst abgeschieden von denen, die meinem Herzen am nächsten standen, Frau und Kindern; umgeben vom Unglück, ja von einem Weltsturm, der selbst den Staat und das Königshaus, dem ich angehörte, mit allem irdischen Besitz zu verschlingen drohte; dazu noch durch ein zunehmendes Augenleiden beschränkt auf meine kleine einsame Zelle, war ich da, ohne alle literarische Unterhaltung, da ich noch überdies bei den nordischen langen Nächten durch meine Augenschwäche bei Licht zu lesen und zu arbeiten verhindert wurde! Dem allen gesellte sich nun noch – das größte Unglück meines Lebens! – die nicht bloß durch irdische Verhältnisse, sondern durch heilige, durch Gottes Gesetz selbst (ohne welches ich mich nie dazu würde haben entschließen können) gebotene und zur unumstößlicher Pflicht gemachte Trennung von meiner Gattin nach 18jähriger Ehe und mit 7 Kindern! Da fühlte ich, was es heißt: »Wer nie sein Brot mit Tränen aß, der kennt euch nicht, ihr himmlischen Mächte.« – Ich lernte wieder die höhere himmlische Macht kennen, übergab mich ihr ganz und mein einziger Trost und Rettung war Dichten, d. h. meine Gefühle und Gebete in Versen auszusprechen, und das Lesen der Bibel, denn sie und Schillers Gedichte waren die einzigen Bücher, die ich mitgenommen hatte.

Zum ersten Mal seit meiner Jugend (also seit 30 Jahren) las ich wieder das Wort Gottes vom Anfang bis zu Ende durch, und ich fühlte die Kraft Gottes, und auch zugleich, wie wichtig es ist und unentbehrlich, daß man beides, erst das Alte, dann das Neue Testament liest, um die Verbindung und gegenseitige Unterstützung beider, und so die Kraft Gottes ganz zu empfinden. Mein Glaube wurde von neuem erweckt, gestärkt, christlich befestigt. Es entstand dadurch mein Religionsunterricht für meine Kinder, den ich zugleich als mein eigenes Glaubensbekenntnis niederschrieb. – Zu dem allen sendete mir Gottes Gnade einen Engel des Trostes in der Person der teuren Frau C. zu – eine so reine, fromme, kindliche Seele und durch gleiches Unglück mir zugewendet und verbunden, ein Herz, was mich ganz verstand. O wie viel verdankte ihr mein so ganz verwaistes Herz! Fast Beseligung, Erhebung, Veredelung, und dann die höchste Prüfung und Befestigung im Glauben durch die schmerzlichste freiwillige Entsagung.

Sehr schön vereinigte sich hiermit der tägliche Anblick, ja ich kann sagen der Umgang des edlen Königspaares, dessen Standhaftigkeit, Ergebung und Seelengröße im größten Unglück, in der größten Erniedrigung, die ein mächtiges Herrscherhaus erfahren kann, jedem fühlenden Herzen rührend, erhebend sein mußte, und immer an ein höheres Leben als das höchste Irdidische in ihm erinnerte und durch sie darstellte.

Nie werde ich den Moment vergessen, wo die edle Königin den Befehl vom Könige erhielt, auch nach Tilsit zu kommen, um wo möglich noch vorteilhaftere Friedensbedingungen von Napoleon zu erhalten. Dies hatte sie nicht erwartet. Sie war außer sich. Unter tausend Tränen sagte sie: »Das ist das schmerzhafteste Opfer, was ich meinem Volk bringe, und nur die Hoffnung, diesem dadurch nützlich zu sein, kann mich dazu bringen.«

Mein Leben war sehr einfach, still und geregelt. Früh und vormittags Arbeit und einige Besuche. Mittags an des Königs Tafel. – Gegen Abend eine Stunde lang bei der Königin zum Tee und abends in meiner stillen Zelle.

Aufenthalt in Königsberg vom 15. Januar 1808 bis

10. Dezember 1809

Den 15. Januar 1808 verließen wir Memel und ich begleitete den Hof nach Königsberg. Mein Los fiel sehr glücklich. Ich wurde in das Haus des M.R. Hirsch einquartiert, eine hochachtbare Familie, er das Muster eines ganz seinem Beruf sich hingebenden Arztes, sie das Muster einer guten Hausfrau und Mutter. Ich konnte hier wieder eine Art von häuslichem Leben genießen. – Mein Leben gewann hier wieder mehr Ausdehnung als in Memel. Mehr Umgang, auch wissenschaftlichen mit Gelehrten, mehr am Hofe und mehr Praxis, sowohl mit den Berlinern als den Inländern und Ausländern, die dahin kamen, um mich zu konsultieren, wodurch auch meine Einnahme wieder beträchtlich zunahm. Auch fing ich nun wieder literarische Arbeiten an, so viel ich aus mir allein, ohne Subsidien, machen konnte für mein Journal. Die Beschreibung der deutschen Heilquellen wurde hier gearbeitet; dieser wurden die Frühstunden gewidmet. Die schönste Stunde war abends die Teestunde bei der Königin, und an die Stelle der einsamen Zelle in Memel trat der Familienkreis bei Hirschs.

Viel angenehme Stunden gewährte mir auch der Zirkel beim Minister Schrötter und Frau v. Knoblauch.

Unter den Königsberger Bekanntschaften waren mir die interessantesten die des alten Scheffner und Borowsky. Ersterer durch seinen freien, genialen vielseitig sehr gebildeten Geist. Letzterer durch seinen liebenswürdigen Charakter, reines evangelisches Christentum und echt apostolischen Johannessinn. Ich stärkte mich mit und durch ihn und durch Korrespondenz mit C. immer mehr in echt christlichem Glauben und Gesinnung.

Große Freude schenkte mir der Himmel im letzten Jahre meines Aufenthalts durch die Ankunft Wilhelminens, Eduards, Lauras und Rosalies.

Hier muß ich auch die große Beruhigung und Freude erwähnen, die mir Eduards Betragen und seine Treue im Festhalten an Tugend und Frömmigkeit während der ganzen 3 Jahre meiner Abwesenheit gewährte. Die Mutter reiste mit den Kindern an den Rhein nach Hänlein, während er ganz allein in meinem Hause in Berlin, im 15. Jahre, mitten unter Franzosen, Unordnung, Sittenlosigkeit zurückblieb, wo ich ihn gelassen, um seine Schulstudien nicht zu stören. Ich schrieb ihm: er solle sich in das Haus eines achtbaren Mannes begeben, der Aufsicht auf seine Unerfahrenheit haben und ihn mit Rat unterstützen könne. Er antwortete mir: »Sei meinetwegen unbesorgt, lieber Vater, ich habe einen Vater im Himmel, der die Aufsicht über mich führt.« Und Gott segnete seinen Glauben und hielt seine Hand über ihn.

Ein Hauptgegenstand der Beschäftigung für die Regierung und auch für mich während unseres Aufenthaltes in Königsberg war die neue Organisation des Staates (für mich des Medizinalwesens) und die Errichtung der neuen Universität zu Berlin. Minister *Stein*, *Altenstein* und *Humboldt* waren die dabei Tätigen. Ich wirkte nach Kräften mit, doch, da ich zu wenig Übung im Administrativen hatte, übernahm ich mehr die Stellung als erster wissenschaftlicher Beirat bei dem Minister und überließ Langermann das Administrative. – Aber für die Universität darf ich mir wohl das Verdienst zuschreiben, bei der Frage: wo sie errichtet werden sollte? wesentlich dazu beigetragen zu haben, daß für Berlin entschieden wurde.

Nach dreijähriger Abwesenheit sollte nun am 3. Dezember 1800 die Rückreise nach Berlin angetreten werden. – Ein Hauptabschnitt meines Lebens war geendet; ein neuer sollte begonnen werden. Aber wie? Wie fand er mich? Mein Herz erstorben durch die schmerzhaften, ja vernichtenden Erfahrungen, die es gemacht hatte, völlig gleichgültig, ja abgewendet vom persönlichen irdischen Leben und irdischen Hoffnungen, dagegen mein Geist gewöhnt im Höheren zu leben und da allein seine Rettung und sein Glück zu finden – also eine völlig klösterliche Stimmung, die größte Sehnsucht, mich in die Stille zurückzuziehen und bloß der höheren geistigen Welt und der Wissenschaft zu leben. Dazu kam, daß alle meine praktischen Verhältnisse in Berlin zerrissen waren und ich von neuem wieder hätte anfangen müssen sie anzuknüpfen, was mir jetzt sehr schwer und doch zum Unterhalt meiner Kinder nötig gewesen wäre. So auch meine zunehmende Augenschwäche, besonders die Lichtscheu des Abends, die mir das Praktizieren kaum möglich machte. Das alles bestimmte mich zu der Erklärung: daß es mir unmöglich sei, bei meiner jetzigen Lage in mein früheres Verhältnis zurückzukehren, daß es mir am liebsten sein würde, bei einer mäßigen Pension mich ganz aus dem Dienst zurückzuziehen, und daß, wenn man mich darin behalten wollte, es nur unter der Bedingung geschehen könne, daß man meinen Gehalt so stellte, daß ich in Berlin ohne Nahrungssorgen, ohne die Notwendigkeit einer ausgedehnten Praxis, rein dem königlichen Hause, der Wissenschaft und vorzüglich dem Lehramte der neuen Universität leben könnte. – Das wurde erfüllt. Ich erhielt als Staatsrat bei dem Medizinalministerium 3000 Taler, als Leibarzt 1600 Taler und so mußte das Unglück jener 3 Jahre dazu dienen, mir für die Zukunft ein sorgenfreies, meinem mehr wissenschaftlichen Streben angemessenes Leben zu sichern. – So wendete auch hier wieder Gott alles zu meinem Besten, und ich fühlte lebhaft, daß denen, die Gott lieben, müssen alle Dinge zum Besten dienen.

Wiederkehr nach Berlin. Eintritt in die administrative Laufbahn

Vor Weihnachten 1800 kehrte der König und der ganze Hof nach Berlin zurück. Mit dem höchsten Enthusiasmus wurden wir empfangen. Aber mit welchen Empfindungen betrat ich mein Haus wieder! Drei Jahre lang war es eine Herberge der Franzosen gewesen (mit Ausnahme der einzigen Stube Eduards), und nun leer, ohne Gattin, ohne Kinder, außer denen, welche ich mitbrachte. – Ein neues Leben mußte abermals begonnen werden. Es wurde dem Königlichen Hause, dem Lehramt, der Wissenschaft und der klinischen und konsultatorischen Praxis geweiht. Die gewöhnliche und Hauspraxis schloß ich aus, vor allem, weil eine durch den dreijährigen Aufenthalt in den Schneeländern bedeutend vermehrte Augenschwäche, besonders Lichtscheu (Photophobie), es mir unmöglich machte, – also ein von Gott verhängtes Hindernis, – dann, weil es nicht an guten Ärzten fehlte, und ich dadurch vielmehr manchen Kollegen weh getan hätte, und endlich, weil es mit dem Lehramte nicht wohl vereinbar war, dem ich mich nun wieder ganz zugewiesen fühlte, und in welchem ich durch Bildung junger Ärzte noch mehr Nutzen stiften konnte. Der neu zu errichtenden Universität richtete ich also meine ganze Kraft zu und fühlte meine natürliche Neigung dafür erwachen, ja, mich ganz wieder Professor. – Schon im März eröffnete ich das Poliklinikum, das erste Institut der Art in Berlin für arme Kranke, wozu der König, als Gedächtnisstiftung seiner Rückkehr, jährlich 1000 Taler bewilligte. Es war das erste Kollegium, womit die Universität eröffnet wurde. Ich hatte die Freude, der erste Dekan der medizinischen Fakultät auf dieser neuen Universität zu sein, mein Sohn Eduard war der erste inskribierte Student, und eine Menge anderer Studenten fand sich ein. Ich resignierte auf den Gehalt von 1500 Talern, der mir als Professor gebührte, um nicht den Schein eigennütziger Absicht bei der Errichtung der Universität auf mich zu werfen. Gott segnete das neue Lehrinstitut sichtbarlich, es blühte auf durch Frequenz und Fleiß der Studierenden, und mein verwaistes Herz fand darin die höchste Befriedigung und Freude. Die wissenschaftlichen Studien wurden lebhaft getrieben. Ich gab zum Druck: Über die Heilquellen Deutschlands, über die Kriegspest, den *Conspectus morborum* und *Materia medica*, die Armenpharmakopöe, die jährlichen klinischen Berichte. Im Hause widmete ich mich, so viel als mir irgend möglich, mit Minna der Erziehung der beiden Töchter Laura und Rosalie. Im Jahre 1812 beglückte mich sehr der Besuch der lieben Schwester Amalie. – Eduard machte seine medizinischen Studien, Emil war mein treuer Gehilfe im Klinikum, so ging das Leben ruhig, tätig, segensvoll, wenn gleich mit gebrochenem Herzen, bis 1813.

Es fehlte freilich nicht an mancherlei Reaktionen. Zuerst die Mitglieder des alten Oberkollegium *med.* und Kollegium *med.*, welche durch die neue Organisation zum Teil auf Pension gesetzt waren, und mir die Schuld davon beimaßen. Alsdann, bei Errichtung der Universität, die Reilschen Schüler, welche sich als höher und philosophischer gebildet, und sich als die Sonnen-, meine Schüler als die Erdkinder betrachteten. Aber in beiden Fällen übte ich ein altes und mir immer nützlich gewesenes Liebesgesetz aus: die Augen und den Geist davon weg zu wenden, keine Zuträgereien und Klatschereien anzunehmen, die Sache ganz als nicht existierend zu betrachten. So blieb meine Seele ruhig, mein Betragen gegen die Leute dasselbe, und weder Haß noch Bitterkeit, ja nicht einmal Unfreundlichkeit, konnte Platz finden. Und dies wirkte selbst auf der andern Seite versöhnend ein.

Auch suchte ich zur Vereinigung, und um einen mehr wissenschaftlichen Geist in Berlin zu wecken durch Errichtung der medizinischchirurgischen Gesellschaft (den 1. Februar 1810 eröffnet), mitzuwirken, welche den besten Erfolg und ein dauerhaftes Gedeihen hatte.

Reise nach Holland 1810

Der damalige König von Holland, Louis Napoleon, litt an Lähmungen der Hände und Füße (*Tabes dorsualis*) und wünschte einen Besuch und Rat von mir. Der König von Preußen, der diesen unter den vier Brüdern Napoleons allein als einen wirklich wohldenkenden Mann schätzte, gab mir den Auftrag dazu, und ich reiste Ende Mai 1810 zu ihm in Begleitung meines treuen Emils, der mir in aller Hinsicht ein zweiter Sohn wurde. – In Bentheim wurde ich von einem perniziösen Wechselfieber befallen, doch durch die stärksten Gaben China war es bald unterdrückt, und ich kam, noch sehr matt und angegriffen, in Harlem an, wo ich von dem König in dem schönen Hopeschen Hause sehr wohlwollend aufgenommen wurde. Wunderbar waren meine Gefühle und Betrachtungen über Gottes Wege, mich plötzlich in die Familie und an den Hof eines Napoleon und, während meines Aufenthaltes in Amsterdam, in das berühmte Rathaus, das mir von Kindheit an so merkwürdig gewesen, versetzt zu sehen. Meine Menschen-, Völker- und Lebenskunde wurde durch diese Reise beträchtlich vermehrt, denn wunderbarer Weise traf die letzte Revolution in Holland, 110 wodurch es ganz zur französischen Provinz wurde, mit meiner Reise zusammen. 30000 Franzosen rückten plötzlich in Holland ein, Louis Napoleon, ein wirklich edler Mensch, sollte arretiert werden, er floh in der Nacht aus Harlem, und ich war allein in dem revolutionierten Lande. Mit Mühe gelang es mir, über Rotterdam, Antwerpen, Brüssel und Aachen zurück zu kehren, und leider erfuhr ich zuerst in Fulda, dann mit Gewißheit in Weimar, daß die Königin Luise während meiner Abwesenheit gestorben war! – Ein Donnerschlag für mich, denn mein ganzes Herz hing an ihr. Bei meiner ersten Audienz beim Könige konnte weder er, noch ich sprechen. Tränen erstickten unsere Worte. Es war mir, als wenn die leuchtende und erwärmende Sonne unseres Horizontes untergegangen wäre, alles kam mir kühl, trübe und erstorben vor.

Flucht nach Schlesien 1813–1814

Das Jahr 1813 rief die große Weltenkatastrophe herbei, welche den Sturz Napoleons bewirkte. Sein Übermut und unersättlicher Ehrgeiz hatten ihn mit einer halben Million Krieger nach Moskau geführt, aber schon bei seinem Übergange über den Niemen hatte er eine solche hochfahrende, Gott und der Menschheit Trotz bietende Sprache geführt, daß Fichte damals im prophetischen Geiste sagte: »Er hat Gott gelästert, sein Reich geht zu Ende« – und so geschah es. Der Engel Gottes, die Kraft der Elemente vernichtete in wenig Wochen seine ganze Heeresmacht. Der Geist der Preußen, der nur mit Mühe zurückgehalten worden war, erwachte mit voller Begeisterung, furchtbarem Mute und gänzlicher Hingebung alles, auch des Teuersten, für Wiedererringung der Freiheit. Der Aufruf des Königs zum Kriege erfolgte. Die königliche Familie mußte abermals, dies Mal nach Schlesien fliehen, und mein einziger Sohn erbat sich und erhielt meine Erlaubnis, mit ins Feld zu ziehen und zwar als gemeiner Soldat in dem Regiment Garde du Corps. – Den 12. Januar 1813 reiste ich mit meinen Kindern dahin ab.

Nun war ich zum zweiten Male mir selbst überlassen mit der Hälfte meiner Kinder, abgeschnitten von meinem Hause und gewohnten Geschäften, und mit gänzlicher Ungewißheit für die Zukunft, denn, wenn der Kampf unglücklich ausfiel, so war es gewiß, daß Preußen aus der Reihe der Staaten ausgestrichen und unser Königshaus exiliert wurde, und natürlich ich mit ihm. – Aber dies alles überließ ich der göttlichen Vorsehung, die ja dieses Haus und auch mich immer so gnädig beschützt und erhalten hatte. Ich widmete mich nun einer wissenschaftlichen stillen Tätigkeit und einem innigeren Leben mit meinen Kindern, auch die Dichtkunst kam mir hier wiederum zu Hilfe. In Breslau der Umgang mit mehreren gelehrten und kunstverwandten Männern, hierauf ein schöner romantisch-poetischer Aufenthalt in Kunzendorf, Landeck, Neisse für den Sommer – dann den Winter wieder in Breslau.

Hier machte ich auch noch eine ökonomische Unternehmung, die Akquisition des Gutes Marxdorf. Meine Gründe waren: die jetzt sich darbietende Gelegenheit vorteilhaft Güter zu kaufen, dann mein Grundsatz: daß der einzige sichere Besitz, besonders in damaligen stürmischen Zeiten, Grund und Boden sei. Es wurde für 35000 Taler verkauft. Ich hatte nur 10000 Taler zur Disposition, aber der König hatte die Gnade, mir 15000 Taler dazu zu schenken, und 10000 Taler blieben als Schuld darauf stehen. Ich verstand damals so wenig von Geldgeschäften, daß ich nicht einmal den Vorteil benutzte, mit meinem barem Gelde Staatspapiere zu kaufen, wodurch ich 4–5000 Taler erspart haben würde. 113

Das nomadische Leben hatte auf die schon natürliche Lebhaftigkeit meiner lieben Laura so gewirkt, und Minchens Autorität war so schwach, daß sich ein hoher Grad von Leichtsinn und Ungebundenheit zu zeigen anfing, der in der Folge leicht in Irreligiosität hätte ausarten können, und besonders jetzt, wo ihre Entwicklungsjahre bevorstanden, ein ernstes Einwirken nötig machte. Dies bestimmte mich, sie in das Erziehungsinstitut zu Gnadenfrei zu bringen, wo sie zwei Jahre blieb, und welches die gesegnetsten Folgen für ihre sittliche und religiöse Bildung hatte.

Mein Sohn Eduard kämpfte ritterlich für deutsche Freiheit in den Schlachten von Lützen, Bautzen, Haynau, Leipzig, und Gott erhielt ihn in den sichtbarsten Todesgefahren. – Der große Schlag bei Leipzig war endlich geschehen, die Macht Napoleons war gebrochen und im Januar 1814 kehrten wir nach Berlin zurück. 114

Nach Berlin 1814

Glücklich und im Triumphgefühl kehrten wir nach Berlin zurück, und ich trat mit neuem Mut und Kraft in meine früheren Verhältnisse: als Lehrer, als Ministerialrat, als Leibarzt und konsultierender Arzt. – Aber mein Herz war traurig. Ich hatte nun 7 Jahre als Witwer gelebt – glücklich hauptsächlich in dem Gefühl, meinen Kindern noch immer die reine Anhänglichkeit an ihre Mutter zu erhalten, die sie nur durch Krankheit von mir und sich getrennt glaubten, ohne dieses heilige Gefühl durch eine zweite Mutter zu stören. Ja, ich fühlte mich stark genug, allen Ansprüchen meines Herzens ferner zu entsagen und diese Witwerschaft noch fortzusetzen. Aber jene Trennung konnte ihnen in die Länge nicht verschwiegen bleiben, und überdies sah ich immer mehr ein, und der Aufenthalt in Schlesien hatte mich noch mehr davon überzeugt, daß Minna nicht Autorität genug hatte, die beiden Kinder, besonders Laura, für die Folge zu erziehen, ja, daß selbst ihre zu poetisch-philosophischen Grundsätze: z. B. daß die Kinder nicht unbedingt, sondern nur nach eigener Überzeugung gehorchen müßten u. dgl., der ganzen Erziehung eine nachteilige Richtung geben könnten. Überdies konnte auch sie mir ja leicht bald durch ein Ehebündnis geraubt werden.

Zweite Heirat 1815

Dies legte mir die Pflicht auf, für eine zweite Mutter zu sorgen – und die Folge war die zweite wichtigste Epoche meines häuslichen Lebens: meine zweite Verheiratung.

Die Wahl mußte mit Gott, Überlegung und besonders mit Rücksicht auf Minna und ihre persönliche Zuneigung zu der zu Wählenden, gemacht werden. – Ich fragte sie also: mit welcher Person unserer Bekanntschaft sie am liebsten vereint häuslich zusammenleben möchte, und sie nannte mir Helene *Troschel*, eine Verwandte und auch mir schon lange werte Freundin! Und so segnete Gott diesen

Schritt. – Er schenkte mir in ihr eine fromme, treue, liebende Lebens-
gefährtin für mein Alter, eine verständige Mutter und Erzieherin
meiner Kinder und eine Ordnung und Wirtschaftlichkeit übende
Hausfrau, mit der ich nun 16 Jahre in ununterbrochener Liebe und
Einigkeit verlebt, die mir die Freuden des Lebens erhöhte und die
Leiden treulich tragen half, ja ihr ganzes Dasein mir geweiht hat. –
Hat sie nicht alle ihre Lieblingsfreuden: gesellschaftliche, Theater usw.
aufgeopfert, um mit mir die Abende in der Stille zuzubringen und sie
mir durch Vorlesen und Unterhaltung zu erheitern, so daß wir uns
immer auf diese Stunden freuten, und jeden Abend mit Dank gegen
Gott zu Bett gingen.

Möge nach meinem Tode das Bewußtsein, mich glücklich gemacht
und durch ihre Pflege mein Leben verlängert zu haben und in jener
Welt Gott ihr dafür lohnen!

Glückliche Zeiten 1815–1820

Die nun folgenden Jahre flossen dahin in größtenteils ungestörter
Ordnung des Lebens. Akademische Vorlesungen, Klinik, Hof und
konsultatorische Praxis, Schriftstellerei, vom Morgen bis Abend Beschäftigung, abends stiller Genuß des häuslichen Lebens mit Frau und
Kindern, im Sommer gewöhnlich eine Reise – füllten die Zeit aus. –
Glückliche Zeiten des häuslichen Lebens, wie ich sie lange nicht mehr
gekannt hatte! – Die Erziehung der Kinder gab auch wieder Veranlassung zu genauerer Beobachtung der kirchlichen Religionsformen:
Kirchenbesuch und Abendmahl, wozu der würdige *Ritschl* sehr viel
beitrug. – Minna zog nach Weimar zur lieben Schwester und ward
bald durch die glücklichste Verbindung mit dem ebenso lieben als
verehrungswerten *Sturdza* vereinigt.

Eduards künftiges Schicksal bestimmte sich nun auch. Er hatte die
Erlaubnis erhalten, nachdem er die Franzosen bis über den Rhein mit
verfolgt und zum Offizier avanciert war, zurückzukehren und seine
Studien fortzusetzen, denn ich wollte nicht, daß der Kriegsgott den
helfenden Gott in seiner Seele verdrängen möchte. Er war auch dazu

gern erbötig, denn er hatte Freude an der Medizin, zu der ihn schon sein Name trieb. Aber er bat mich dabei um eine Vergünstigung, nämlich: daß es ihm vergönnt sein möchte, seine Kunst auf dem Lande auszuüben, weil sie da am nötigsten sei, und weil ihm die Luft großer Städte, physisch und moralisch, zu unrein wäre. – Ich konnte nicht anders als mich dieser Gesinnung freuen, die mir ihn so ganz entfernt von gemeinen irdischen Rücksichten: Ehre und Geldgewinn, zeigte, und mir überdies die Beruhigung gab: meine künftige Nachkommenschaft in Gottes freier Landluft aufwachsen, und dadurch physisch kräftiger und moralisch reiner zu sehen, was überdies dem neugekauften Gute eine treue Verwaltung und so den Schwestern ihr Vermögen sicherte. Bei meiner damals schwachen Gesundheit und

Unsicherheit meines Lebens bestimmte ich dieses Gut zum Zufluchtsort für meine noch übrigen fünf Töchter unter dem Schutze ihres Bruders auf den Fall meines Todes. – Er studierte noch ein halbes Jahr Oekonomie bei *Thaer*, heiratete 1815 die würdige Tochter *Hermbstädts*, und zog nun nach Marxdorf als Wirtschafter und Arzt, und es machte mir große Freude, ihn als einen glücklichen Menschen versetzt zu sehen in die schönste Lage, die ein Mensch haben kann: Gottes freien Himmel über sich, die schönste Natur um sich, patriarchalisch seine Acker bauend, und zugleich den Menschen hilfreich in der Not durch seine Kunst. –

In den folgenden Jahren machte mir besonders meiner lieben Tochter Rosalie Kränklichkeit vielen und langen Kummer. Zu schnelles Wachstum gab ihr vom 14. bis zum 18. Jahre die Anlage zu Bluthusten und *Phthisis florida tuberculosa*, und sie konnte nur durch die strengste Diät, Eingezogenheit, Entsagung des Tanzes, Singens und aller jugendlichen Freuden ihres Alters, Landluft, Milch und Molkenkur und die größte Aufmerksamkeit, jeden kleinen Anfall einer entzündlichen Lungenreizung sogleich durch Aderlässe zu entfernen (deren ihr während dieser Jahre dreißig gemacht wurden), gerettet werden. Und

sie ward es so, daß sie nachher heiraten, Kinder bekommen und selbst säugen konnte, ohne Schaden für ihre Lungen.

Noch verursachte mir große Angst die ihr in die Luftröhre gekommene Hechtgräte, welche 6 Wochen lang beständige Gefahr der Erstickung bewirkte und erst in der 7. Woche durch Husten ausgestoßen wurde (beschrieben in meinem Journal). Bei Röschens Krankheiten kann ich die treue Sorgfalt meines Freundes Böhm nicht dankbar genug erwähnen, der leider nachher so tief sank, daß ich den Umgang mit ihm abbrechen mußte.

Schöne Lichtpunkte meines nachher folgenden Lebens waren: die Verheiratung meiner lieben Töchter Laura, Rosalie, Hulda an würdige Männer, die Wiedervereinigung mit meiner lieben Tochter Lilly und ihre glückliche Verbindung mit dem lieben Sohn Emil, die Reise nach Baden, die Reise nach Wien und Italien!

In ruhigen Bahnen. Drohende Erblindung

1820–1831

Mein äußeres Leben blieb sich gleich. Berufsarbeiten, Vorlesungen, Klinik, Ministerialgeschäfte, Konsultationen, arme Kranke, die Gesund- 120 heitssorge für den König und die königliche Familie, literarische Arbeiten, Fortsetzung meines Journals, stille Abendunterhaltungen, Umgang mit einigen Freunden, Mittwochs ein größerer Zirkel, füllten auf die angenehmste und befriedigendste Weise meine Zeit aus, und so ging ein Tag nach dein andern mit Frieden im Innern und Tätigkeit nach Außen, sich gleich, hin. – Des Königs Gnade und Vertrauen wendete sich mir immer mehr zu, und so hatte ich das Glück, selbst bei seiner zweiten Verheiratung, und noch mehr bei dem Übertritt seiner Gemahlin zur evangelischen Religion als Vertrauter mitzuwirken. Nur zu sehr suchte er mir seine Huld durch äußere Gnadenbezeugungen zu erkennen zu geben und brachte mich selbst dadurch in Verlegenheit. – Zuerst durch Orden. Von jeher waren mir diese äußerlichen Auszeichnungen zuwider. Ich konnte sie – nicht als Zeichen der Tugend und des Verdienstes, denn diese dürfen nicht zur Schau getragen werden, – sondern nur als Zeichen meiner Treue und Anhänglichkeit an meinen Herrn betrachten und gelten lassen. Daher hatte ich alle Ordenszeichen anderer Monarchen abzulehnen gesucht, oder sie nicht getragen, denn sie erschienen mir nur als Dekorationen, die nicht für Männer, sondern für Weiber passen. Aber das Ordenszeichen meines Königs trug ich als Sinnbild meiner Treue gern und beständig. – Nun wollte aber seine Gnade mich und meine Kinder in den Adelsstand erheben. Dies setzte mich in große Verlegenheit, denn hier mußte ich nicht bloß für mich, sondern auch für meine Kinder entscheiden, und die Verantwortlichkeit sowohl des Adligseins als Nichtadligseins eines ganzen Geschlechts auf mich nehmen. Ich überlegte es vor Gott und meinem Gewissen und die Entscheidung war: du darfst den Adel nicht annehmen, wenn auch nicht deinet-, doch deiner Kinder und Nachkommen wegen.

Die Hauptgründe dagegen waren: 1. Es wird dadurch den Kindern mit dem Blute das Prinzip des Stolzes eingepflanzt, sich mehr und höher, ja wirklich aus anderem Blute bestehend zu denken, folglich andere geringer zu achten, als sich, – gerade das Gegenteil von dem, was das Christentum lehrt. 2. Ebenso wird ihnen mit dem Blute das Prinzip der Rache eingeflößt, keine Beleidigung der sogenannten Ehre ungerochen zu lassen, sondern sie nur mit dem Blute, ja dem Leben des Beleidigers zu vergelten und auszulöschen. 3. Ebenso das falsche Prinzip der Adelsehre, der Gegensatz der Ehre, die vor Gott gilt, indem sich mit jener Ausschweifung, Ehebruch, Schuldenmachen (also Stehlen) recht gut verträgt. 4. Die darauf gegründete Pflicht des Duellierens, welches doch immer, wenn es unglücklich ausfällt, ein absichtlicher Mord bleibt. – Alles dies Prinzipien und Verpflichtungen, die geradezu den göttlichen und christlichen Geboten entgegengesetzt sind. – Außerdem lehrt noch in irdischer Rücksicht die Erfahrung und liegt in der Natur der Sache, daß adlige Jungens weniger lernen, als bürgerliche, auch weniger Aussicht haben, durch ein ehrliches Gewerbe oder Handwerk ihr Brot zu verdienen, und adlige Mädchen weniger Aussicht zum Heiraten haben. Endlich hielt ich es auch für meine Pflicht, den ehrlichen Bürgerstand, in welchem ich geboren ward, zu ehren, und ihm das bißchen Ehre und Verdienst, was ich etwa in der Welt erworben, zuzuwenden. Also in Gottes Namen schlug ich es aus, und fühlte mich in meinem Gewissen recht erleichtert und beglückt, meinen Kindern und Nachkommen diesen ungöttlichen und unchristlichen

Keim nicht eingepflanzt zu haben. Auch hatte ich die Freude, von ihnen völlige Übereinstimmung zu erhalten.

Zuletzt muß ich noch die zweite bedeutende Zunahme meiner Blindheit, im Herbst 1830, erwähnen. Nachdem meine liebe Frau eine schwere Krankheit, bei der Gott mein Gebet erhört hatte, glücklich überstanden, bemerkte ich mit einem Mal, nach starker Anstrengung und Blendung meiner Augen, daß mir das Lesen schwerer wurde und die Buchstaben zur Hälfte verschwanden. Es machte mich anfangs sehr traurig, denn ich sollte nun des besseren Teils meines Lebens, der stillen Unterhaltung mit den Geistern der Toten und Abwesenden, »des Lesens«, beraubt sein. Aber auch hier half mir meine gute Gabe mich zu gewöhnen, das Vorlesen meiner lieben Frau, und daß ich doch noch schreiben konnte und durfte. –

Eine Angelegenheit, die mich noch auf meinem Sterbebette erfreuen wird, war die Angelegenheit des griechischen Volkes, bei der ich ganz unverdient und so unbedeutend als ich war, dennoch durch den Segen der Vorsehung ein recht wirksames Werkzeug zur Hilfe und Rettung wurde.

Die Not dieses armen Volkes war auf das äußerste gestiegen. Eben war Missolunghi auf die gräßlichste Weise gefallen und Tausende von Hilflosen waren in Gefahr zu verhungern, verlassen von aller Welt, selbst von ihren Brüdern, den Christen, der Wut der Barbaren preisgegeben. Die Strenge der Politik verbot in den öffentlichen Blättern etwas zu ihrem Besten (als Rebellen) zu sagen. – Da ergriff mich eines Morgens das Menschlichkeitsgefühl so heftig, daß ich, alle Rücksichten überwindend, einem edlen, dafür Sinn habenden König es aussprach, und ihn bat, zu erlauben, daß ich eine Subskription zur Unterstützung der notleidenden Griechen eröffnen dürfe. Er erlaubte es. Ich hatte des Königs Wort, und so überwand ich alle späteren Einwendungen der Minister. Ich ließ, vereint mit *Strauß*, Ritschl und *Streckfuß*, einen Aufruf in die Zeitungen setzen, und er wirkte wie ein elektrischer Schlag auf ganz Deutschland, er gab dem lange unterdrückten Mitleidsgefühl Freiheit zur Tat. – Es kamen nach und nach so viel Beiträge zusammen, daß wir eine halbe Million Franken nach Griechenland senden konnten, und so wurden durch Gottes Beistand, durch ein so schwaches Werkzeug, durch einen glücklichen Augenblick – ich möchte es lieber höhere Eingebung und Rührung nennen – nicht allein viel Tausend Unglückliche vom Hungertode errettet, sondern auch (wie mir einsichtsvolle Diplomaten versichert haben), durch die nun sich allgemein aussprechende öffentliche Meinung mächtig auf die Politik der Kabinette gewirkt, und mir das Bewußtsein, wesentlich zu der günstigen Wendung der griechischen Sache beigetragen zu haben. –

Und so schließe ich nun diesen Lebensbericht heute den 8. Juli 1831, nahe dem 70. Jahre, ruhig und ohne Lebenssorgen, sitzend auf meinem schönen Landhause im Tiergarten bei Berlin, um noch mit so viel Gesundheit und Lebenskraft den Menschen nützlich sein zu können, umgeben von guten frommen Kindern und glücklichen Enkeln. – Anbetend dankend blicke ich zurück auf Gottes unendliche unverdiente Gnade, die Er über mich ausgegossen hat. – Mein Lauf ist vollbracht, und ich harre mit Freuden auf den Augenblick, wo ich meinen Geist in die Hände dessen zurückgeben kann, von dem ich ihn erhielt. Möge er Seiner würdig befunden werden! – Ich hoffe darauf im Namen und im Glauben an Jesum Christum den Gekreuzigten, Auferstandenen, zum Vater Zurückgekehrten und mit ihm Eines seienden. *Amen!* –

Auszüge aus den »Erläuternden Nachträgen« des Erstdruckes in der »Deutschen Klinik«

.... Soviel zur Erinnerung an das fünfzigjährige Doktor-Jubiläum Hufelands. Noch einmal sollte ihm im Leben ein glänzender Beweis von der Anhänglichkeit treuer Schüler, von der hohen Achtung und Verehrung der ärztlichen Welt werden. Der bis zum letzten Augenblicke des Lebens unermüdlich tätige Mann ließ nur wenige Wochen vor seinem Tode sein umfangreiches Werk: »*Encheiridion medicum* oder Anleitung zur medizinischen Praxis. Vermächtnis einer fünfzigjährigen

Erfahrung.« (747 S. in 8.) erscheinen und bestimmte den ganzen Ertrag für die Hufelandsche Stiftung. Er hatte die große Freude, die bedeutende Auflage auf das Schnellste vergriffen zu sehen, er mußte selbst noch, ernstlich bereits erkrankt, sich an die Durchsicht einer zweiten Auflage machen, und vollendete auch diese, obwohl er es an Verbesserungen und Zusätzen nicht fehlen ließ, in kürzester Frist. Sie wurde acht Tage vor seinem Tode fertig zur Druckerei gesandt. Mit dieser zweiten Auflage des *Encheiridion* war Hufelands irdisches Wirken geschlossen; die *Dysurie*, an der er seit etwa fünf Jahren zeitweilig gelitten, hatte einen immer bedenklicheren Charakter angenommen, es trat zuletzt vollständige Harnverhaltung ein und machte diese endlich die *Punctio vesicae* nötig. Mutig und ergeben unterzog sich der Kranke der Operation, aber leider folgte derselben *Gangrän* und schnelle Erschöpfung. Hufeland starb in den Nachmittagsstunden des 25. August 1836. Die Sektion ergab, daß die hornartig indurierte *Prostata* die *Uretra* gänzlich verschloß, während sonst alle Organe normal waren. 127

In wenigen Wochen sind 27 Jahre seit jenem 25. August 1836 verflossen, und doch durfte ich hoffen, vielen Kollegen mit der einfachen Selbstbiographie Hufelands, die ich hier veröffentliche, eine willkommene Gabe zu bieten. Es macht, weil sein Andenken noch frisch und lebendig ist, weil seine Bedeutung als Arzt, Lehrer, Schriftsteller unvergessen sind. Schön ist die Sitte, auf den Gräbern geliebter Verstorbener, wenn die ersten Frühlingskinder kommen, wenn des Sommers Blumen ihre köstlichen Düfte ausstreuen, volle Kränze niederzulegen, Zeichen treuer Liebe, wacher Erinnerung. Als solche auf Hufelands Grab gelegt 128
mögen diese Blätter gelten.

Ich kann mir nicht versagen, hier einige Worte einer der bedeutendsten und hervorragendsten deutschen Fürstinnen (Herzogin Amalie von Sachsen-Weimar) zu widmen, die auch dadurch für uns so unvergeßlich ist, daß unser großer Dichter wie mit dem Sohne, so mit der Mutter in dem innigsten geistigen Verbande so viele Jahre hindurch lebte. Goethe leitet unter anderm, was er zu ihrem »feierlichen Andenken« geschrieben, mit folgenden Worten ein: »Entsprossen aus einem Hause, das von den frühesten Voreltern an bedeutende, würdige und tapfere Ahnherren zählt; Nichte eines Königs, des größten Mannes seiner Zeit; von Jugend auf umgeben von Geschwistern und Verwandten, denen Großheit eigen war, die kaum ein ander Bestreben kannten, als ein solches, das ruhmvoll und auch der Zukunft bewunderungswürdig wäre; in der Mitte eines regen, sich in manchem Sinne weiterbildenden Hofes, einer Vaterstadt, welche sich durch mancherlei Anstalten zur Kultur der Kunst und Wissenschaft auszeichnete, ward sie bald gewahr, daß auch in ihr ein solcher Keim liege, und freute sich der Ausbildung, die ihr durch die trefflichsten Männer, welche späterhin in der Kirche und im Reich der Gelehrsamkeit glänzten, gegeben wurde. Von dort wurde sie früh hinweggerufen zur Verbindung mit einem jungen Fürsten, der mit ihr zugleich in ein heiteres Leben einzutreten, seiner selbst und der Vorteile des Glückes zu genießen begann. Ein Sohn entsprang aus dieser Vereinigung, auf den sich alle Freuden und Hoffnungen versammelten; aber der Vater sollte sich wenig an ihm und an dem zweiten garnicht erfreuen, der erst nach seinem Tode das Licht der Welt erblickte.«

Anna Amalia, Tochter des Herzogs Carl von Braunschweig-Wolfenbüttel, wurde 1739 geboren, vermählte sich 1756 mit Herzog Ernst August Constantin von Sachsen-Weimar, durch dessen am 28. Mai 1758 erfolgenden Tod sie Witwe und, selbst noch minderjährig, Vormünderin ihres erstgeborenen Sohnes Carl August, sowie Regentin des Landes an seiner Statt wurde. Hinlänglich bekannt ist, wie musterhaft die hohe Frau in schwierigsten Zeiten sich dieser Aufgabe entledigte, bis sie 1774 des mündigen Sohnes eigenen Händen die Regierung übergeben konnte, um selbst, wie Goethe sagt, »eine sorgenfreie Abteilung des Lebens« anzutreten. Sie sollte deren noch eine lange Reihe von Jahren froh sein, bis ihr edles Herz, das, wie für so vieles Schöne und Würdige, warm auch schlug für des deutschen Vaterlandes Ehre und Heil, brach an der Schmach und dem Unglück, welches der so verhängnisvolle 14. Oktober 1806 bei Jena über dasselbe gebracht hatte. Sie starb am 10. April 1807.

Wie bei der Herzogin Mutter, bekleidete denn auch bei Herzog Carl August Hufelands Vater die Stelle eines Leibarztes, bis er zur Ausübung der Praxis unfähig wurde.

Dr. Goeschen,
Herausgeber der »Deutschen Klinik« 1863.   131

Lebensregel

Eine Makrobiotik in Merkversen

(= Kunst das Leben zu verlängern)

Willst leben froh und in die Läng,
Leb' in der Jugend hart und streng,
Genieße alles, doch mit Maß,
Und, was dir schlecht bekommt, das laß.

Das Heute ist ein eigen Ding,
Das ganze Leben in einem Ring,
Die Gegenwart, Vergangenheit,
Und selbst der Keim der künft'gen Zeit.

Drum lebe immer nur für heut,
Arbeit', genieße, was es beut,
Und sorge für den Morgen nicht,
Du hast ihn heut schon zugericht.

Was du genießt, genieß mit Dank,
So ist dein Leben ein Lobgesang.

Mit Milch fängst du dein Leben an,
Mit Wein kannst du es wohl beschließen,
Doch fängst du mit dem Ende an,
So wird das Ende dich verdrießen.

Die Luft, Mensch, ist dein Element,
Du lebest nicht von ihr getrennt;

132

Drum täglich in das Freie geh'
Und besser noch auf Berges Höh'.

Das Zweite ist das Wasserreich,
Es reinigt dich, und stärkt zugleich,
Drum wasche täglich deinen Leib,
Und bade oft zum Zeitvertreib.

Dein Tisch sei stets einfacher Art,
Sei Kraft, mit Wohlgeschmack gepaart,
Misch'st du zusammen vielerlei,
So wird's für dich ein Hexenbrei.

Iß mäßig stets und ohne Hast,
Daß du nie fühlst des Magens Last,
Genieß es auch mit frohem Mut,
So gibt's dir ein gesundes Blut.

Fleisch nähret, stärket und macht warm,
Die Pflanzenkost erschlafft den Darm,
Sie kühlet und eröffnet gut,
Und macht dabei ein leichtes Blut.

Das Obst ist wahre Gottesgab,
Es labt, erfrischt und kühlet ab,
Doch über allem steht das Brot,
Ja, jede Speise kann allein,
Mit Brot nur dir gesegnet sein.

Das Fett verschleimt, verdaut sich schwer,
Salz macht scharf Blut und reizet sehr;
Gewürze, ganz dem Feuer gleicht,
Es wärmet, aber zündet leicht.

Willst du gedeihlich Fisch genießen,
Mußt du ihn stets mit Wein begießen.
Den Käs iß nie in Übermaß,
Mit Brot, zum Nachtisch taugt er was.

Der Wein erfreut des Menschen Herz,
Zuviel getrunken macht er Schmerz,
Er öffnet sträflich deinen Mund,
Und tut *selbst dein* Geheimnis kund.

Das Wasser ist der beste Trank,
Es macht fürwahr dein Leben lang,
Es kühlt und reiniget dein Blut,
Und gibt dir frischen Lebensmut.

Der Branntwein nur für Kranke ist,
Dem Gesunden er das Herz abfrißt,
An seinen Trunk gewöhn' dich nie,
Er macht dich endlich gar zum Vieh.

Befleiß'ge dich der Reinlichkeit,
Luft, Wäsche, Bett, sei oft erneut,
Denn Schmutz verdirbt nicht bloß das Blut,
Auch deiner Seel' er Schaden tut.

Willst schlafen ruhig und komplett,
Nimm keine Sorgen mit ins Bett,
Auch nicht des vollen Magens Tracht,
Und geh zur Ruh' vor Mitternacht.

Schlaf ist des Menschen Pflanzenszeit,
Wo Nahrung, Wachstum baß gedeiht,
Und selbst die Seel', vom Tag verwirrt,
Hier gleichsam neu geboren wird.

Schläfst du zu wenig, wirst du matt,
Wirst mager und des Lebens satt,
Schläfst du zu lang und kehrst es um,
So wirst du fett, ja wohl auch dumm.

Willst immer froh und heiter sein,
Denk nicht: »Es könnte besser sein.«
Arbeite, bet', vertraue Gott,
Und hilf den Nächsten aus der Not.

Vermeide allen Müßiggang,
Er macht dir Zeit und Weile lang,
Gibt deiner Seele schlechten Klang,
Und ist des Teufels Ruhebank.

Halt deine Seele frei von Haß,
Neid, Zorn und Streites Übermaß,
Und richte immer deinen Sinn
Auf Seelenruh und Frieden hin.

135

Denn Leib und Seele sind genau
In dir vereint, wie Mann und Frau,
Und müssen stets, sollst du gedeihn,
In guter Eh' beisammen sein.

Liebe, reine Herzensliebe
Führe dich der Ehe zu;
Denn sie heiligt deine Triebe,
Gibt dem Leben Dauer und Ruh.

Bewege täglich deinen Leib,
Sei's Arbeit oder Zeitvertreib;
Zu viele Ruh macht dich zum Sumpf,
Sowohl an Leib als Seele stumpf.

Willst sterben ruhig ohne Scheu,
So lebe deiner Pflicht getreu,
Betracht' den Tod als deinen Freund,
Der dich erlöst und Gott vereint.

Christoph Wilhelm Hufeland
Gedichtet auf seinem Sterbelager im August 1836

136

Karl-Maria Guth (Hg.)

Erzählungen der Frühromantik

HOFENBERG

Karl-Maria Guth (Hg.)

Erzählungen der Hochromantik

HOFENBERG

Karl-Maria Guth (Hg.)

Erzählungen der Spätromantik

HOFENBERG

Erzählungen der Frühromantik

1799 schreibt Novalis seinen Heinrich von Ofterdingen und schafft mit der blauen Blume, nach der der Jüngling sich sehnt, das Symbol einer der wirkungsmächtigsten Epochen unseres Kulturkreises. Ricarda Huch wird dazu viel später bemerken: »Die blaue Blume ist aber das, was jeder sucht, ohne es selbst zu wissen, nenne man es nun Gott, Ewigkeit oder Liebe.«

Tieck Peter Lebrecht **Günderrode** Geschichte eines Braminen **Novalis** Heinrich von Ofterdingen **Schlegel** Lucinde **Jean Paul** Des Luftschiffers Giannozzo Seebuch **Novalis** Die Lehrlinge zu Sais
ISBN 978-3-8430-1878-4, 416 Seiten, 29,80 €

Erzählungen der Hochromantik

Zwischen 1804 und 1815 ist Heidelberg das intellektuelle Zentrum einer Bewegung, die sich von dort aus in der Welt verbreitet. Individuelles Erleben von Idylle und Harmonie, die Innerlichkeit der Seele sind die zentralen Themen der Hochromantik als Gegenbewegung zur von der Antike inspirierten Klassik und der vernunftgetriebenen Aufklärung.

Chamisso Adelberts Fabel **Jean Paul** Des Feldpredigers Schmelzle Reise nach Flätz **Brentano** Aus der Chronika eines fahrenden Schülers **Motte Fouqué** Undine **Arnim** Isabella von Ägypten **Chamisso** Peter Schlemihls wundersame Geschichte **Hoffmann** Der Sandmann **Hoffmann** Der goldne Topf
ISBN 978-3-8430-1879-1, 408 Seiten, 29,80 €

Erzählungen der Spätromantik

Im nach dem Wiener Kongress neugeordneten Europa entsteht seit 1815 große Literatur der Sehnsucht und der Melancholie. Die Schattenseiten der menschlichen Seele, Leidenschaft und die Hinwendung zum Religiösen sind die Themen der Spätromantik.

Brentano Die drei Nüsse **Brentano** Geschichte vom braven Kasperl und dem schönen Annerl **Hoffmann** Das steinerne Herz **Eichendorff** Das Marmorbild **Arnim** Die Majoratsherren **Hoffmann** Das Fräulein von Scuderi **Tieck** Die Gemälde **Hauff** Phantasien im Bremer Ratskeller **Hauff** Jud Süss **Eichendorff** Viel Lärmen um Nichts **Eichendorff** Die Glücksritter
ISBN 978-3-8430-1880-7, 440 Seiten, 29,80 €

CPSIA information can be obtained
at www.ICGtesting.com
Printed in the USA
LVHW092253291019
635783LV00001B/31/P